U0625138

尚册文化 | 策划出品

打开世界之页

梦回帕米尔

张如萍　著

羊城晚报出版社

·广州·

图书在版编目（ＣＩＰ）数据

梦回帕米尔 / 张如萍著 . — 广州：羊城晚报出版社，
2023.5
ISBN 978-7-5543-1205-6

Ⅰ.①梦… Ⅱ.①张… Ⅲ.①散文集－中国－当代
Ⅳ.① I267

中国国家版本馆 CIP 数据核字（2023）第 069793 号

梦回帕米尔
MENGHUI PAMIER

责任编辑　王志娟　蔡泽华
责任技编　张广生
装帧设计　尚册文化
出版发行　羊城晚报出版社
　　　　　（广州市天河区黄埔大道中 309 号羊城创意产业园 3-13B　邮编：510665）
　　　　　发行部电话：（020）87133824
出 版 人　陶　勇
经　　销　广东新华发行集团股份有限公司
印　　刷　济南精致印务有限公司
规　　格　710 毫米 × 1000 毫米　1/16　印张 14　字数 175 千字
版　　次　2023 年 5 月第 1 版　　2023 年 5 月第 1 次印刷
书　　号　ISBN 978-7-5543-1205-6
定　　价　59.00 元

星光点点　照见时代履痕

章以武

秋光醉人。

广东惠州市明星企业胜宏科技（惠州）股份有限公司，花影绰绰的大门口，一位秀发飘飘、神志干练、容貌灵巧、笑容可掬的中年女性热情地迎接我们，她是公司行政总监张如萍。呵，初见，蓝色的清晨！

她与前来采风的省里作家交流，大家好开心，言谈率真。于是，我们知道，她在新疆喀什生活工作了大半辈子，是"疆二代"，全家来广东惠州八年。她妈妈是湖南长沙人，"八千湘女上天山"的姑娘。是当年王震将军，人文情怀满满，为屯垦戍边的建设者解决婚配问题的壮举，使这些年轻的生命融进戈壁的泥土，如今有了"疆三代""疆四代"。她的夫君周宗华，长期工作在严重缺氧的风雪高原帕米尔红其拉甫海关。她的父亲张积福甘肃民乐人，将自己的一生，默默地耕耘在垦边戍边的广漠田野。

真诚的散文集，往往把自己的履历公示于众。张如萍的这本散文集，并非写得如何的新锐浑厚高华雄强，如何的缠绵妙曼仙趣俊逸，而是书写得朴实真挚，情感浓烈，文句晓畅，使人心潮澎湃、奋发向上。我年轻时曾在甘肃定西地区工作过四年，至今犹在耳边听到沙尘暴的嘶叫。我有西北情结，当然更重要的是我要探究这本《梦回帕米尔》是怎么从一个住过喀什"地窝子""土坯房"的小女子手里生发的！

散文天地，悠悠宽广。日月星辰，似水流年；雾濛绿野，雪白茅舍；良苑奇葩，佳茗美酒；旷世柔情，眼角清泪；不老记忆，叹息感喟。门槛不高，有感而发。张如萍的散文中，对雪域高原上沙枣花迷人的芳香，白杨树挺拔的身姿，骆驼刺顽强的守望，都有生动的抒写，但让我怦然心动的仍是她的一篇篇散文，星光点点，照见了时代的履痕。看来很日常，却有时光的味道。她总是把文章做在风云变幻的大时代的节点上，有大时代脉搏跳动的温度，让我们看到边疆屯垦儿女的大气度，大情怀！他们在冰天雪地里编织着共和国最早的、美丽的中国梦。

且看这篇《梦回帕米尔》。

帕米尔是什么样的地方？帕米尔，雪山林立、湖水如镜、草滩嫩绿、牦牛憨态，高高矗立在雪岭中的国门，美极了。且慢，看，帕米尔连绵的山脊，群山交错、巍峨迭起、沟壑纵横。山上不长草，风吹石头跑，氧气吃不饱，四季穿棉袄。人待久了，关节炎、脑萎缩、心脏扩大等高原病来找你报到了。

特别能吃苦、特别能奉献、特别能忍耐、特别能战斗是帕米尔人的特性。瞧瞧，红其拉甫的海关人周宗华，在海拔5400米的达坂上，险遇车祸，阎王不收，如果当时不刹车，几秒钟就跌入了万丈深渊。有一次，手指夹断，他手捏断指，下山六小时，一路上痛得晕过去，进入医院，断指已无法接上。每年大雪封山，周宗华和他的同事要在海关里值守数月，寂寞在心头飞长。呵，红其拉甫的海关人，无怨无悔，心里装着神圣的使命：稳疆、兴疆。帕米尔，你是石骨铁硬精神的沃土！你是一部昂扬的奉献之歌！

感谢张如萍生花的妙笔，留下了帕米尔人的身影与呼吸。

一个作家的精神境界，决定文章的思想高度啊！

大凡作家，都具有超过常人的敏感，"春江水暖鸭先知"嘛。为何张如萍能"先知"？因为她有一对爱的眼睛，善于发现撷取生活中的美丽。一个作家，面对瞬息万变、五光十色的生活，决不可冷漠对待、无动于衷、不以为然，应该是满腔热情去拥抱生活。记得二十世纪八十年代初，内地一位作家访问深圳，对"时间就是金钱，效率就是生命"的呼号一概不上心，在他的眼里看到的是黑夜里的黑牛。临别，他扔下一句话：深圳，只有一枚五星红旗是社会主义的。

他把沉香当烂柴了，而张如萍善于发现沉香。

我们从张如萍的散文随笔中，看到她爱的眼睛的光芒。

《女人中年　当享"三然"》《自己亦是风景》《最好的教育》《与生活讲和》，这些文采斐然、意韵深邃的散文，都是张如萍紧踩生活的沃土，冒出来的一股股清泉。她告诉我们，女人不怕老还怕什么？只要有"三然"的法宝：淡然的生活态度，坦然的生活境界，悠然的生活情趣，那么，中年的女性经历了"无可奈何花落去"的伤感之后，当会有"似曾相识燕归来"的喜悦。

张如萍在《自己亦是风景》里插入了一个小故事来印证题旨。一男士，于阳台眺望别人家的后院，发现别人的妻子美艳无比，终于与自己的妻子离婚，他与第二任妻子依然过得不称心，且发现对面人家也换了女主人，从背影看比之前的那个还要好。一次无意中得知对面人家的女主人正是自己看不顺眼的前妻，终于大彻大悟，原来觉得别人家后园风景美，现在才明白，最美的风景曾经在自己家里。莫攀比，也别端着金饭碗去讨饭。张如萍形象地告诉我们，人生的拧巴，往往由自己的偏见造成。

张如萍的许多散文，是贴着人物来写，所以总能给人留下挥之不去的印象。

散文是写真人真事的一种文学形式。散文不能虚构。散文中的人物是浓墨重彩的勾勒，即把人物的闪光片段拎出来"示众"。而小说的人物是通过人物的命运，矛盾冲突来塑造的。对此，张如萍是有所感悟，比较自觉的，她写夫君，写父母，写婆婆，写朋友都是"勾勒"，都写得栩栩如生，活灵活现。她写宣传队的应队长，就特棒！应队长，上海支边青年，高个，帅气，儒雅，待人笑口常开，一曲《乌苏里船歌》，掌声如潮、荡气回肠。他的爱情也凄婉动人。他终身未娶，退休后回沪，重病期，四位当年上海知青轮流24小时值班照顾。去世，送别的人从全国各地赶来，挤满大厅。人问，去世者是不是做大官的，还是富豪。

圈外人说：当作家，有的青灯黄卷爬格子，有的于电脑前孤坐冥想，图什么呀？去池塘钓鱼，去广场跳舞，多自在养人，不无道理。跟你这么说吧，作家贱骨头，作品不求高山流水的回响，只求人再老也不能停止生长！爱爬格子的都是聪明的笨蛋，快乐的傻子！如今又添了一个张如萍。

2022 年 10 月 16 日

于广州大学桂花岗宿舍

（序者系广州大学人文学院教授，中国作家协会会员，广东文艺终身成就奖获得者。）

目　录

第三辑　淡然有致

第一辑　芳华喀什

喀什，永远的故乡

来广东惠州定居 8 年了。

每当有人问起我老家在哪里，我都会毫不犹豫地回答：新疆。大家会有各种不同反应：你是维吾尔族吗？你长得真的有点像新疆人哟！新疆的风光好美呀！新疆的烤羊肉很出名，新疆的水果特别甜。

其实我祖籍不是新疆，爸爸是甘肃人，1949 年在新疆参加革命，1983 年光荣离休，今年 97 岁高龄，目前也随我们在惠州定居。2019 年 9 月 22 日，在惠州的家里，父亲工作的单位——新疆生产建设兵团农三师党委慰问组专程前来，父亲光荣地戴上了中共中央、国务院、中央军委颁发的"庆祝中华人民共和国成立 70 周年纪念章"。妈妈是湖南长沙市人，1951 年，她一身戎装从湖南参军到了新疆，怀揣建设新疆的远大理想，抑或是缘分天意，在喀什与爸爸相遇，携手共度半个多世纪，养育了我们兄妹三人。她把靓丽的青春和汗水挥洒在建设边疆和抚育后代的使命上。虽无惊天动地的壮举，却用忠诚与坚守画出了一段属于她们那个时代的人生轨迹，将奉献的一生融进了戈壁热土。

2012 年，容颜老去的她，一袭红衣陪伴，长眠于天山脚下，将无尽思念留给子孙后代。至今，"八千湘女上天山"的故事仍然在湖南和新疆广为流传。而我，生在新疆，长在新疆，和我们一样的同龄人虽然祖籍各不相同，但我们有一个共同的名字叫"疆二代"，所以只要问起"疆二代"的老家在哪里，我们都会不约而同地说——新疆，因为在我们的内心深处早已把新疆当作故乡。

我的故乡地处新疆塔克拉玛干沙漠边缘，是古丝绸之路的交通要冲；是祖国向西开放的桥头堡；是维吾尔族人口聚居最多的地方；更是许多人感觉遥远而又神秘的远方。她的名字为大众所熟悉——喀什。喀什是维吾尔语"喀什葛尔"音译的简称，其语源由突厥语、古伊斯兰语和波斯语等融演而成。含义有"玉石集中之地""各色砖房"和"初创"等不同的解释。而我最喜欢"各色砖房"的解释，她让我有遮风挡雨的温暖，脚踏实地的平和，伸手可触的亲切。

说起喀什，每次都有如数家珍的冲动：

这里有"五口通八国，一路连欧亚"的战略位置。红其拉甫、吐尔尕特、伊尔克什坦、卡拉苏、喀什航空港等开放口岸，周边与印度、阿富汗、塔吉克斯坦、巴基斯坦、吉尔吉斯斯坦、乌兹别克斯坦、土库曼斯坦、哈萨克斯坦八国接壤，具有得天独厚的区位优势和集群口岸优势，南疆铁路贯通、喀什至伊斯兰堡航线的开通，让喀什成为我国进入中亚、南亚、西亚以及欧洲的国际大通道。特别是我国取得巴基斯坦瓜达尔港 43 年的经营权，让中巴公路这一国际大通道的战略地位更加突出，也为喀什的发展迎来新一轮机遇。

这里有"不到喀什不算到新疆"的美誉。喀什作为新疆唯一的一座国家历史文化名城，集中体现了维吾尔族民族风情、文化艺术、建筑风格及传统经济的特色和精华，在整个新疆最具代表性。不论自然景观、人文景观，还是民俗风情等特色都突出。闻名遐迩的香妃墓，多少故事在其中；古老肃穆的艾提尕尔清真寺，距今已有 500 多年历史，现在仍然是穆斯林集中做礼拜的宗教场所；班超纪念公园，带你领略班超和他带领的 36 名壮士怎样在西域纵横捭阖，将大小几十个国家都收为汉朝的属国；还有长篇叙事诗《福乐智慧》作者玉素甫·哈斯哈吉甫墓、《突厥语大辞典》作者穆罕默德·喀什噶里墓、高台民居等历史遗址，是追寻西域历史文化变迁的好去处；千年原始胡杨林，广袤无垠的大漠，常年积雪覆盖的慕士塔格冰峰雪岭，更是吸引了无数文人墨客和摄影爱好者，让人目不暇接，收获满满，不仅收在镜头里，写进文字里，而且镌刻在心坎里。

这里瓜果飘香让你四季沉醉。除了苹果、梨子、西瓜等大众水果，还有很多种特色水果：有甜脆的伽师瓜、入口即化的婆婆瓜、清香可口的白兰瓜；那又大又圆的石榴，有酸有甜，酸石榴药用价值大，甜石榴口感好，你可以根据用途自由选择；红枣的种类就更多了，大的骏枣，中等的灰枣，小个的酸枣，吃起来味道各不相同；葡萄也是颜色形态不同，有细长的马奶葡萄、圆的无籽葡萄；有脆生生的李光桃、松软软的小毛桃；时限最短、储存最难、甜味最浓的当属无花果；巴达木数莎车县的最好，核桃是叶城县的最靓，英吉沙的色买提杏以个大、色艳、果肉纯厚享誉四方；还有桑葚、蟠桃、阿月浑子……在喀什，一年四季干果和鲜果任你享用，让你回味无穷。

这里特色美食让你流连忘返。由于维吾尔族信奉伊斯兰教，而伊斯兰教教民是不吃猪肉的，所以喀什美食多以羊肉为主：烤全羊、烤羊肉串、清炖羊肉、馕坑烤肉、拉条子、烤包子、油塔子、抓饭、馕、馓子、曲曲、烤鱼、烩菜、灌面肺和灌米肠等，每一样食物都实惠又解馋，这些美食是勤劳淳朴的维吾尔人依据当地气候变化和饮食习惯积累起来的，区域特点浓郁，民族风味十足，不仅当地汉族人喜欢吃，全国各地四面八方的游客也都赞不绝口。

这里民风豪爽处处歌舞飞扬。喀什人具有典型的西北人豪爽性格，说话直来直去，幽默风趣，喝酒痛痛快快，不藏不掖，也许是一方水土养一方人，多数人都能歌善舞。无论是单位搞大型活动，还是三朋四友聚餐，接近尾声时，都会有一个节目"麦西来普"，随意放一首《达坂城的姑娘》《掀起你的盖头来》等悠扬奔放的新疆特色曲目，所有人员，不论男女，不分民族，不管老幼，几乎都能在欢快的乐曲中自由起舞，边唱边跳，那种酣畅淋漓，总能把聚会活动引向高潮。

这里至爱亲朋令我牵魂梦绕。在喀什生活工作了40多年，老师同学、领导同事、亲朋好友已然串联起一个密集的网络，那种牵挂、那种思念、那种情感，早已渗透在点点滴滴的细节里，早已记录在桩桩件件的往事里，丝丝缕缕，割舍不断。虽然现在远隔万里，有时一个电话、一声问候，都能激荡起无数美好的涟漪；有时朋友圈一个分享，就能感受彼此近在咫尺的关注；有时偶尔一次的久别重逢，无须过多的言语，执手相握就是对友谊最好的祝福，紧紧相拥就是对亲情最大的抚慰。这几年也有好几家老朋友、老同学喜欢惠州，相继定居惠州，大家只要聚在一起，谈论最多的话题总是和喀什有关，动手做的饭菜也还是喀什特色，开玩笑的腔调也充满喀什的味道，这应该就是故乡的情愫、故乡的烙印吧。

我的故乡在喀什，这里有沙枣花迷人的芳香；白杨树挺拔的身姿；水渠柳婀娜的倩影；骆驼刺顽强的守望。

喀什，还有许许多多讲不完的故事；

喀什，还有絮絮叨叨说不完的曾经；

喀什，还有洋洋洒洒叙不完的风情；

喀什，还有心心念念理不完的思绪……

不论我身在哪里，不论我家居何方，喀什，是我永远的故乡。

怀念母亲

2022 年 3 月 5 日，是母亲离开 10 周年的日子。

她一定想不到我们一家会从她工作生活了 60 多年的新疆西部边陲城市迁徙到广东惠州定居。

但她一定知道我们会生活得很好。

时光是最好的抚慰剂，虽然时隔 10 年，每每想起母亲，悲伤难过的程度在慢慢减轻，但深深的怀念情愫却黯然生根，在我的心海悄然增长……

母亲是 1951 年参军进疆的"八千湘女"之一，半个多世纪过去，当年风华正茂的妙龄女子如今已作古他乡，留下了无限美好的青春岁月；留下了屯垦戍边的苦乐年华；留下了开朗泼辣的音容笑貌；留下了万般眷恋的生命渴望……

母亲个子不高，五官精致漂亮，大大的眼睛，小巧挺直的鼻梁，棱角分明的嘴唇，加上她那对弥勒佛一样的耳朵，使她的长相几乎无可挑剔，直到 80 多岁脸上都很光滑干净，没有斑点和皱褶，她最得意的照片是那张穿军装的，不仅放大了挂在墙上，还揣一张在随身的小包里，时不时拿出来给大家看看。她生前特别爱穿红色的衣服，反映出她风风火火的个性，更衬托出她热爱生活的激情。

母亲思维敏捷，记性超好，孩子们20多年的同学和朋友在大街上遇到她或来家里看望她，她很快能叫出对方的名字，80多岁的老人给我们打手机，可以准确地拨出我们兄妹三个的号码，她的聪明豁达赢得许多人包括儿女单位同事和朋友的喜爱。

母亲吃苦耐劳，性格好强，从长沙都市到戈壁荒滩，住过"地窝子"，吃过高粱面，一年偶尔吃几顿米饭对她都是奢侈的享受，可她对于面朝黄土背朝天的苦日子无所抱怨，还经常获得"拾棉花能手""大炼钢铁标兵"等荣誉。她不擅长女工，在那个物资匮乏的年代，衣服、鞋子全部靠手工制作，可她善于交际，帮这家阿姨买些紧俏物资，帮那家大妈办点棘手的事，所以总有人帮我们做衣服和鞋子。母亲多才多艺，爱唱爱跳、会打篮球、会吹笛子，受她的耳濡目染，我们兄妹也都喜爱吹拉弹唱。

母亲性格耿直，爱憎分明，一生都活得非常率真和自我。说起母亲的经历也是富有传奇色彩的。新疆解放后，王震领导的10万大军铸剑为犁，由扛枪打仗的军人变身屯垦戍边的建设者，考虑到他们当中有很多干部年纪不小还未婚配，就从湖南和山东招收了大批女兵到新疆，我母亲从湖南长沙一名纱厂女工穿上军装，坐了3个月的汽车，一路颠簸来到新疆。当时有文化、漂亮活泼的她被一位首长看中，组织安排他们成婚，母亲坚决不干，她的理由很简单：男方大我17岁，无法相守到老，日子苦一点没关系，夫妻一定要白首偕老，任凭软硬兼施都不能动摇她不嫁的决心，直到30岁和我父亲自由恋爱结婚。父亲是穷苦人家出身，被抓壮丁进入国民党部队，"9·25"起义成为光荣的人民解放军。"文革"期间，父亲作为"国民党残渣余孽"挨批斗，母亲始终不离不弃，还用她的聪慧竭力保护父亲：父亲"跪碳渣"（"文革"批斗方式的一种），她在父亲裤腿膝盖处絮上棉花，减少疼痛；父亲挨斗常常会被揪头发，她买来理发推子坚持把父亲头发剃光；父亲感到绝望，她说坚信父亲是好人，一定会有出头之日；父亲"蹲牛棚"期间，有人劝说母亲，让她和"牛鬼蛇神"的父亲离婚，母亲一语惊天："我爱的就是牛鬼神蛇！"这话在当时可是犯了大忌，马上就有人提议要把母亲也抓起来去批斗，被当时的单位领导阻止了："她根正苗红，又是典型的湖南辣子，惹不得的，算了吧。"母亲这才幸免于难。

　　"文革"期间，母亲不仅陪伴父亲走过人生低谷，而且很好地守护了我们三兄妹，一直到父亲平反。多年后，我问父亲："爸爸，老妈脾气不好，有时候简直不讲理，你不仅包容她，还对她这么好，为什么呀？"爸爸说："为了她当时不嫁高官嫁给了我，为了'文革'期间和我一起'蹲牛棚'的好几个老战友的老婆都与他们离婚了，你妈没有离开我。"瞬间我读懂了什么叫"执子之手与子偕老"。

　　如果说在母亲的婚姻上她显示出来的是刚烈，那么在我的婚姻上她简直就是霸道了。20岁出头的我，妙龄芳华，朝气烂漫，正幻想着遇到心中的白马王子，谈一场风花雪月的恋爱，却被母亲一锤定音，原因也很简单：你太年轻，不会识人，我看准了一个，就选周家大儿子做女婿了。老公是我哥的朋友，他看上了我并不直接来追我，而是采取迂回战术，找我哥提亲，我哥掉头就把这个问题甩给我妈："有人喜欢你大女儿，你看着办吧。"我妈很认真地经过一番明察暗访，还让我老公给她寄了一张照片，最后她拍板定调：小伙子家教不错，人很实诚，相貌周正，又是人民教师，尤其是他母亲贤淑能干，通情达理，你就放心嫁吧！我只知道她的决定，全然不知里面的过程。这回轮到我不干了，凭什么呀，50年代妈妈自己都要追求婚姻自主，这都80年代了，为什么还要包办婚姻呀！我不同意，她3天不理我，动员了我的朋友、同学、老师、同事轮番做我的思想工作，再不答应就闹着要去钻汽车轮子。我无可奈何，只好妥协。事实证明，我妈的眼光还真是不错，这件事她虽然霸道但不会无厘头，老公不仅有责任担当，还很有才华，尤其是婆婆待我如亲生女儿，我们是典型的"先结婚后恋爱"，婚后的生活可以用"凉水泡茶慢慢浓"来形容。

母亲一直都是家里的"大家长"，一大家子全在她的"领导"之下，她的任性也常常让父亲和我们儿女哭笑不得。尤其是母亲去世前的几年，她体弱多病，每年都要多次进出医院，父亲对她基本是百依百顺，三个儿女对她也是孝敬有加，她十分享受这份关爱和照顾，医院的医生、护士都说老太太好福气，她也戏称自己是家里的"老太后"，经常骄傲地说："我们家里我身高最矮、收入最少、职务最低，可是权力最大！"

我的女儿是母亲带大的，她虽然脾气不好，可对外孙女却极有耐心，疼爱而不溺爱，所以女儿和姥姥感情很深，即便姥姥再有不是，女儿都会说"我的姥姥是最可爱的"，女儿工作后第一个月的薪水首先孝敬她姥姥。母亲病危住进 ICU，女儿刚好被单位派往深圳学习，在最后的日子里，母亲已经被病痛折磨得皮包骨头，完全靠呼吸机和液体维持生命，可她硬是坚持到女儿学习归来，女儿 3 月 4 日深夜到家，5 日中午母亲便撒手人寰，连医生都感叹她顽强的生命力……

母亲一生爱热闹，怕寂寞，所以她走后我们按照她的心愿让她入土为安。她走得很风光，参加葬礼的人很多，有亲朋好友、有儿女单位的领导、同事和战友，400 多个花圈摆满了吊唁厅，她享受到了养育儿女的回报。妈妈，您可以含笑九泉了，因为您的一生是无憾的。

我爱母亲，感恩她在艰难困苦条件下的养育之恩；

我爱母亲，感佩她在特殊年代守护一家周全；

我爱母亲，感激她带大女儿让我没有后顾之忧；

我爱母亲，感念她传承给我们的坚韧品格和阳光心态，让我们受益终身。

　　怀念母亲，因为全天下的母亲是伟大的；

　　怀念母亲，因为我的母亲是平凡的、可爱的、鲜活的……

梦回帕米尔

南方的夏夜，蝉叫蛙鸣，或高亢或低沉，此起彼伏，硬生生在夜晚来一场激情的演唱。

不知过了多久，伴着小动物们不知疲倦的吟唱，我迷迷糊糊地进入梦乡。

梦里，我回到了帕米尔，再次看到了林立的雪山，如镜的湖水，嫩绿的草滩，憨态可掬的牦牛，塔吉克族英俊的小伙和美丽的姑娘，还有那高高矗立在冰封雪岭中的国门……

一

那条熟悉的 314 国道，是中巴国际公路，是世界上最高的跨边境之路，全长 1600 多公里。以喀什为起点，穿过疏附县，沿着盖孜河，翻越苏巴什达坂，途经塔什库尔干塔吉克自治县，一路直上就可看到界碑，跨过国境线，便可以直接到达巴基斯坦首都——伊斯兰堡。

这条路历时 10 多年建成，耗资数亿元，中巴两国共投入 20000 大军参与建设，有近 500 人把生命定格在这道环绕着崇山峻岭的"友谊之路"上。我先生说，他在巴基斯坦境内，专门去了巴基斯坦国家为中国修路烈士建造的烈士陵园，见到了一位义务守护陵园几十年、霜染胡须的巴基斯坦老人。

　　从喀什出发到塔什库尔干县有 300 多公里，在沿海或者都市最多 3 个多小时的路程，这里最少需要近 1 天。如果遭遇山体滑坡，道路受阻，那就不好预算路上的时间了。

　　我穿着先生送我的那件淡黄色风衣，衬得里面的红毛衣更加鲜艳；女儿穿一条黑底红格子的连衣裙，两条羊角辫像挂在耳朵上方熟透的两根麦穗，随着女儿的蹦蹦跳跳，也跟着摇来摆去。因为要去位于帕米尔高原的红其拉甫海关见爸爸，她一路兴奋地不停问这说那。

　　汽车穿过城镇、乡村，停在疏附县乌帕尔乡那家拉面馆，吃饭的人很多，有当地的，还有进出中巴口岸的货车司机、游客。拉面以滑爽劲道美味闻名，引得市区不少的人驱车 70 多公里来这里吃一碗面。

　　汽车继续前行，路越走越荒凉。钻进龇牙咧嘴的"老虎口"，渐渐就上了盘山路。一边是嶙峋陡峭的山体，另一边是深不见底的河谷，汽车夹在峭壁与深谷之间，不敢左顾右盼，有经验的司机对我说："嫂子，你就看前方的道路，不要看路两边，那样会紧张。"

　　行驶途中，随时会有泥石流冲下，细小的泥石流越野车可以直接碾过，但是冲击厉害的就需要下车去清理横在路上的石块了。

　　在去塔县的半途中，有一个闻名遐迩的湖——卡拉库里湖，无论是上山还是下山，途经此地，大家都会驻留，有的下车观景拍照，有的在驿站小憩。

　　站在湖边，寒意让我连着打了几个激灵，困倦全消。近处，湖水安静深卧在雪山之脚，湖面的颜色随着太阳的光亮呈现出不同颜色，我看到的是近乎绿色的湖水；远眺，雪山雄伟绵延，上面覆盖着千年不化的皑皑白雪，雪山头顶是纤尘不染的蓝天，偶尔飘过的几朵白云像洁白的棉花糖，悠闲自在地在天空骄傲的漫步。这一刻，无论谁，都会感受到一种至纯的美，体验到一种舒爽的宁静和恬静。

行至苏巴什达坂，汽车像一个甲壳虫开始爬行，女儿昏睡得早没了精气神，高原反应也让我头重脚轻，几次呕吐。我不敢有丝毫睡意，因为在这个海拔 5400 米的达坂上，先生经历过有惊无险的一幕：时任关长的阿里木和我先生周宗华，在一次值守回家的路上，坐着越野车，行驶至最高点时，突然"哐当"一声巨响，司机普卡提瞬间一个急刹车，下车查看：这一看，吓得普卡提一头大汗，脸色煞白。原来是传动轴前端连接驱动轮的四个螺丝齐刷刷断了，传动轴落地引发了巨响，如果不刹车，只要几秒钟，整部车就会翻下万丈深渊。几个人在惊魂未定中等了三个多小时，遇到一辆上山的车，从车上找了螺丝换上。司机心有余悸，把汽车开成了老牛车，几乎是慢慢吞吞爬回去的。

时间在车轮的转动中溜走，昏昏沉沉中，眼前有了点点绿色，周边的草滩是嫩绿的，几棵清瘦的馒头柳等在路边，因为有点孤单，更加楚楚动人。我们像化冻了一般闻到了点烟火气，马上要进到县城了。

二

许多人对帕米尔的认知是源于 20 世纪 60 年代拍摄的一部黑白电影《冰山上的来客》，里面那首《花儿为什么这样红》悠扬而美丽，散发出忧郁的气质；《怀念战友》高亢婉转，随时催生你的眼泪，古兰丹姆那像蒙娜丽莎般的微笑，会让你向往那个神秘的远方。

相传，帕米尔在很久很久以前，是一片浩渺的大海，经过二亿五千万年的地壳运动，一座座岛屿变成了连绵的山脊，群山交错，巍峨迭起，沟壑纵横，气势雄伟，与西藏高原同样拥有了"世界屋脊"的称号。

这里是一个充满极致的世界：冰峰高得极致，被称为"万山之源"；景色美得极致，冰山与峡谷相依，白雪与蓝天相望，天地间洁白、褐红、灰黄、铁青的色彩让你充满大丈夫的气概；环境苦得极致，"山上不长草，风吹石头跑，氧气吃不饱，四季穿棉袄"。人待久了，会引发关节炎、脑萎缩、心脏扩大等多种高原疾病。塔吉克族人靓得极致，是中国 56 个民族中唯一的白皮肤的民族。没有单眼皮，更没有塌鼻梁。小伙子五官轮廓清晰，线条分明，目光如炬，鼻梁如鹰；姑娘个子高挑，眼睛似两汪深邃透亮的清泉，喜欢穿艳丽的服饰，喜欢扎许多麻花辫，虽生长在高山牧区，但挡不住隐隐透出的高贵气质。

女儿见到爸爸的那一刻，迅速卸下随身背的小书包，往脚底下一摔，张开胳膊扑进爸爸怀里，爸爸顺势抱起她，她用小手轻轻抚摸着爸爸的脸说："爸爸，你怎么变得这么黑呀。"

站立在爸爸身边的塔吉克族关员依明江调侃说："小丫头，你看我是不是比你爸爸白一点点？"女儿望着这个比爸爸还要黑的叔叔说："是我爸爸比你白一点点呢！"引得在场的叔叔们哈哈大笑，个个露出白得刺眼的牙齿。

女儿长大后知道，在帕米尔高原室外待上几个小时，皮肤就会发红，接着发黑，有的细皮嫩肉的年轻关员会严重脱皮，有个两三年，不管男女，看上去都比实际年龄大很多。

在帕米尔，气压太低，水烧到 60℃就开了，按普通方式煮面条，等面条煮熟早成糊糊了。所以，厨师们练就了用高压锅做饭的技术，面条、米饭、饺子，清一色用高压锅。

高山反应，长期吞噬着关员们的健康。缺氧引起的头疼欲裂，胸闷气短，难以入睡，经过一段时间才会慢慢适应。可是，在高原待久了，回到喀什又会醉氧，有一个多星期成天昏昏沉沉，总是睡不醒，刚刚适应又要上口岸。频繁的上山和下山，缺氧和醉氧这样来来回回，折腾的是肉体，淬炼的是意志。

先生周宗华失去半截手指的事是我心里永远的伤痕。那是一个普通的日子，但对于我们家来说，又是注定要铭记的时刻。那天，先生在口岸值班，验完货，关闭仓库时，"咣"的一声，手指被失灵的铁门活生生地夹断。口岸医疗条件极差，从山上下来要 6 个多小时，他只好将断下的半根手指用山上的冰雪包裹。一路颠簸，撕心裂肺的疼痛让他晕了过去，等同事送他到市区医院，手指已经失去活性，再无接上的可能……

年幼的女儿突然看到爸爸的手指短了一截，还不停地渗出血，整个人完全失控，抓住爸爸的同事歇斯底里地边哭边喊："把爸爸的手还给我！还给我……"

这半截手指，从女儿的童年噩梦变成精神图腾。大学毕业，她踏着父亲的足迹报考了海关。从冷月边关到南国口岸，父辈们的事迹，一直激励着她和她的伙伴在海关新征程上一路前行。

自然条件的恶劣，反而磨砺出生命的强悍。它把人在艰苦环境下生存的能力和精神的韧性挖掘到极致。红其拉甫海关人特别能吃苦、特别能奉献、特别能忍耐、特别能战斗的"四特精神"就是在这样的背景下应运而生。一代又一代红其拉甫海关人用忠诚、担当、热血把"四特精神"写在了国门上，写在了帕米尔高原上。

三

红其拉甫，早已不是一个简单的地名。

她是刺骨的寒风，是毒辣的紫外线，是一方生命迹象很少，连植物都难以生长的土地；她又是充满情感的精灵，是一块热血沸腾的精神高地。在这里海关人不仅创造着生命的奇迹，而且奏响了奋斗者的最强音。

所有在红其拉甫海关工作过的人，只要提起红其拉甫海关的事，会亢奋的滔滔不绝：

他们如何24小时全天候服务，做到随时验放，保证旅客出入境通畅，让四面八方的中外旅客，感受到中国海关人热情服务、文明把关的良好形象。

他们如何在进出境人员和货物的监管过程中，一次次识破个别不法分子为了逃避税收、逃避监管的各类手段和伪装，履行好严格把关的神圣职责。

他们如何爬冰卧雪、蹲坑守点，车轮式追击，与走私分子斗智斗勇，以敏锐的嗅觉、快捷的反应重拳出击，破获多起大案要案，为维护边疆稳定做出了积极贡献。

他们如何熬过冬季大雪封山，闭关值守的日子，连续几个月要与冰雪为伍，与孤独较量，任无边的寂寞在心头疯长。

他们如何在艰苦环境中自娱自乐，相互支撑，风雨并肩，彼此温暖，真挚的战友情谊化作磁铁般的吸引力，牢牢凝结着一个集体……

缺氧不缺志，苦干不苦熬。红其拉甫海关人以艰苦奋斗做底色，用赤子之心，将稳疆兴疆的使命坐标，一横一竖，刻画得苍劲有力，荡气回肠。

先进、模范、标兵……各种荣誉纷至沓来。一块块奖牌挂满荣誉室，一个个奖状塞满关员的抽屉。他们无数次迎来激动人心的高光时刻：

难忘第一位女关员米力干当选全国劳模时披红挂彩的靓丽风采；难忘刘苏静关长在人民大会堂，接过"艰苦奋斗模范海关"牌匾时的热泪盈眶；难忘辛建民关长在全国各地海关、大学做精彩演讲时引发的强烈反响……让红其拉甫海关这面高高飘扬在帕米尔的红色旗帜，历经风吹雨打愈加耀眼夺目。

2021年1月，在深圳定居的几位原乌鲁木齐关区退休老干部，去安徽看望曾任红其拉甫海关关长、现任合肥海关关长的辛建民。在他家，大家吃着新疆特色饭菜，禁不住唱起了《红其拉甫之歌》：

"把关我们来到红其拉甫，建关的帐篷扎在茫茫雪谷，高原缺氧何所惧，生命禁区青春永驻。一年三百六十五，冰峰相伴风雪为伍，为了国门坚如铁，爬冰卧雪咱心里不觉苦，啊，海关！啊，国门！啊，祖国！"

歌声伴着泪水，骄傲掺着心酸。辛关长说，这些年来，他从新疆到江西，从湖北到安徽，不管走到哪里，不论经历什么，只要想到那个风雪高原，就能升腾起克服万难的力量。在百忙的工作中他不仅写下了诗歌、散文，还在构思一部以红其拉甫海关艰苦奋斗史为背景的长篇小说。

四

"关嫂"是对关员家属的统称。不论当姑娘的时候如何十指不沾阳春水，如何的小鸟依人，只要跟红其拉甫海关的关员结了婚，要不了几年，个个都会变得坚强而独立。稚嫩的肩膀扛起重任，爱流泪的双眼变得坚毅，帕米尔，无疑是开发刚毅的精神母土。

先生在红其拉甫工作的十年间，是我们生活最难，也最值得回味的时光。不仅要承担离多聚少的相思之苦，还要上班，带小孩，照料家庭，有些困难是你猝不及防的。

清晰记得，20世纪90年代初期，我家住的是土坯盖的平房，靠生铁炉子取暖做饭，每次先生上山之前，都要劈一大堆柴，给我备用。

记得有一次，下班回家，照常生火做饭，可是火苗因缺氧蔫在炉膛里喘着，烟雾在屋里恣意地弥漫，我和女儿互相看不到对方。女儿呛得直哭，我一边流泪一边从炉膛往外扒着炭火。不知是烟雾从我们家飘往邻居，还是被女儿的哭声惊动，隔壁维吾尔男主人，一位中学老师艾尔肯，爬上隔墙探出头看了一眼，立马明白了事由，来不及从门口进出，直接翻墙跳入我家院子，随手找了一条破麻袋，裹着还在发烫的炉子迅速抱出院子里，然后转身回屋拆下烟筒，用棍棒"梆梆"敲打，一大堆黑灰从烟筒里流出来。邻居顾不着擦一把满脸的黑灰，他又帮我重新装好炉子。当红色的火舌舔着炉膛，欢快地跳跃，我的眼泪说不清是委屈还是感动。

一叶知秋。要说难，"关嫂"都有一本经：老人床前尽孝，甚至离世最后的告别、子女看护教育、自己生病手术等等，哪一样都要独立面对，有时候委屈都没人诉说……可是，当我们上山体验生活，感受着身体的煎熬，看到他们坚守的阵地，所有委屈和抱怨都悄然沉潜在心底了。

在红其拉甫，我能叫得上名和认识的几任关长：刘敬华、任六九、克依纳木、阿里木、刘苏静、辛建民等等，虽然年龄不同、籍贯不同、民族不同，但有一个共同点：每一个人都有一肚子关于红其拉甫的故事，都可以细数每一个家庭经历的种种喜怒哀乐，他们和她们，每一个人都是一个跳动的音符，串联起来就是一首昂扬的奉献之歌。

记忆是碎片化的，但是历史是连绵的，正如那连绵起伏的山峦和奔腾不息的河谷。

从明铁盖到水布浪沟，再到塔县，随着红其拉甫海关关址的搬迁，生活设施和生存环境发生了翻天覆地的变化。但是，高山不会变低，氧气不会增加，道路不会缩短。从艰苦到卓越，从模范到标杆，奋斗者的足迹从未停止，灵魂的洗礼从未间断，精神的家园从未割裂。如今，

新一代红其拉甫海关人，依然紧握前辈的接力棒，继续书写着艰苦奋斗模范海关的续篇……

　　情牵梦动。一切源于那座雪域高原，源于那方不老的圣土，源于那个叫红其拉甫的地方，源于那里一代又一代的海关人。

婆婆祭

  婆婆离开我们整整 15 年了。2007 年 6 月 7 日，她因突发脑出血撒手人间。她走得很突然，也走得很安详，没有留下只言片语，但她勤劳善良的一生就是一首无字的歌，会永远铭刻在我们子孙的心间。

  婆婆祖籍湖北蒲圻，在嫁给公公前，一直生活在老家农村，早年经历了丧父、逼婚、离异、远嫁新疆的一段坎坷历程。在婆婆生前，我曾和她有过多次交流，她也曾如数家珍地讲起老家的许多事情，但对自己的这一段经历，她很少提起，我们无从知晓她当时所承受的打击、所经历的痛苦、所进行的抗争，但只要细想一想，她所处的年代，就能从中深切体会到她坚强的意志、不屈的人格和追求新生活的勇气，这一点在当时来说是难能可贵的。

  婆婆一生操劳，含辛茹苦养育了 4 个儿子，又不辞辛劳带大了 4 个孙子，由于对生活的操劳，她不满 60 岁时已是满头银丝。但是看见孩子们一个个很争气，有的当了单位领导，有的成为技术骨干，她就觉得这一切付出很值得。每次家人团聚，子孙中不管谁小有成绩，都会说一句"要是妈妈（奶奶）知道了，不知道有多开心呢"。

记得有一次，婆婆在晾晒被褥，我看见她抚摸着一条补丁摞补丁、已经分不清本色的褥子伤心落泪，我知道，那褥子记载着过去艰难的岁月，那眼泪诉说着婆婆曾经的不易和心酸，不难想象她是靠怎样的节俭和辛劳支撑起这个家的。先生还清楚地记得：当初，家里粮食不够吃，一过收割季节，婆婆会带着几个孩子利用午休时间，顶着烈日去收割后的田地里拾捡零星散落的麦穗；全家老小的衣服和鞋子都是她一针一线制作而成，有时候晚上一边参加大会，一边不停地捻毛线，纳鞋底，从早忙到晚，由于过度操劳，岁月的风霜早早在她的脸上留下印记，孩子们却在她的苦心养育下长大成人、成家。后来日子渐渐好了，可她依然不改当年的勤劳，总是奔波在几家之间，忙里忙外，做饭洗衣，当时我们几家所有的锅盖护罩都是她用报纸剪好做成的，一个小细节就能看出她打理生活的节俭和精细。

婆婆没有什么文化，但她通情达理，知道读书的好处，我先生在上师范学校时，学的是数理专业，经常演算需要一个计算器，这在20世纪70年代末算得上是奢侈品了，在生活并不宽裕的情况下，婆婆毅然挤出省吃俭用的98元钱给他买了一个功能最好的计算器。98元，在今天看来不算什么，可在当时足以维持全家几个月的生活，至今，这个计算器还完好地存放在我家的书房里。

婆婆十分善良，邻里之间，谁家有困难她都热心帮助，给这家的老人做双鞋，替那家的孩子缝衣服是她晚年生活中的一件乐事，一次，对门的老太太被不孝的儿子气出家门，她领回家里，好吃好喝招待一番，耐心宽慰了好一会，最后还送上零花钱才让老太太离开。

婆婆跟我很投缘，在几个儿媳妇中，她最疼我，也最喜欢和我唠家常。家里有什么好吃的一定要给我留一份；回到家最舍不得让我干活；我和丈夫吵架生气，不管谁对谁错，她总是批评自己的儿子，从没有对我指责过什么。她常对外人说，她一辈子没有生个女儿，我就是她的女儿。即使在她患了老年痴呆症的最后几年里，由于常常失忆，她会因产生莫须有的幻觉而唠叨责怪家里人，可全家人中，她唯一没有唠叨过我的不是，我知道，那是婆婆潜意识里对我的呵护和包容，这一点我将铭记终生。在婆婆弥留之际，我一边流泪，一边紧紧握住她还略有温度的手，一声声地呼唤她，和她说我们婆媳曾经说过的许多话，她虽没有回应，但从她眼角淌下的泪水里，我知道她分明听见了我的呼唤。

婆婆走了，带着她一生的劳累走了，带着她对儿孙美好的期盼走了。她走得很安详，前来送行的人很多，令整个大院的老人们羡慕，那是她教子有方的结果，那是她辛劳付出的回报。我相信她老人家在九泉之下还关注着子孙们每一天的成长进步，还关注着一家老小的衣食住行，她坚强、善良包容的品格将激励着我们如何面对挫折，如何善待世人，如何勤勉工作……

又是清明时节，婆婆，您在那边还好吗？如果想我们就给我托个梦……

父亲的爱

都说父爱如山，以表达父爱的雄浑伟岸和坚实厚重。

而我的父亲，没有高大魁梧的形象，没有壮志凌云的气概。他个子不高，只有1.65米，除了鼻梁挺直，长相平凡，眼睛很小，扎进人堆里就像一滴水融入大海，很难觅到踪影。而他的爱，恰似一股涓涓细流，不急不缓地一直贯穿进他的人生，也一路滋养着我们这个家。正是这种寻常态，随和态，不仅让他的生命充满着韧性，97岁依然能生活自理，思维清晰，而且让他的爱柔柔和和的在家里和周围传播、弥散。

父亲叫张积福，1925年夏天出生于甘肃民乐县南丰乡张连庄，具体生日不详，兄弟5个，他排行老大。1944年，父亲被抓壮丁进入国民党军队，1945年随部队远赴新疆，临行前，父亲看到一个卦摊，就想算一卦，看看何时能重返故乡。算命先生问他：你昨晚梦见了啥？父亲说：梦见一个新媳妇骑着毛驴回娘家。算命先生就说：你出门遇红纱，连人带马不回家。一心想早日回家的父亲气得一脚踢飞卦摊，说：我最多两年就回来了。让他万万没有想到的是，真的被算命先生言中了，他这一去就是千里万里，这一去就是 70 多年，从朝气青年到耄耋老人，其间也只回过老家一次。1949 年 9 月 25 日父亲所在部队和平起义，他成为光荣的人民解放军，后来复原到新疆生产建设兵团工作，成为扎根新疆、保卫新疆、建设新疆的"疆一代"。1957 年和母亲自由恋爱结婚，养育了我们兄妹三个"疆二代"。半个多世纪，他把自己的热血、青春全都奉献给了西北边疆；把自己所有的智慧和本领交付给了共和国屯垦戍边的艰苦创业年代。

一

父亲对工作的爱执着如螺钉。

"做一颗永不生锈的螺丝钉"，这是传承至今的雷锋精神。在我的印象中，父亲永远都是那个爱学习、肯钻研，干一行、钻一行的老黄牛，钉子精神他诠释得很好。在部队，他先后做过步兵、骑兵和通信兵，复员后，他打土坯、盖房子、赶马车、挤牛奶、开荒种地、深山放牧；还担任过植保员、技术员、统计员、会计员、代办银行等职务，干啥像啥；"文革"期间，他挨批斗、"蹲牛棚"、喂猪、打柴，直到 1974 年平反；后来长期从事农业技术工作，成为自学成才的助理农艺师，1983 年光荣离休。

父亲基本不管家，家里大事小情都是由母亲做主操持，他就是一门心思地扑在工作上。没有可歌可泣的事迹，却在平凡中默默实现着自身价值。三年困难期间，父亲做会计，为了节约玉米播种用量，他通过仔细测算，按一米播 9 粒种子保证出 3 棵苗的方案，一次次验算推理，付诸实践后，将每亩地用种子的数量比原来用量减少了 1 斤多，一个连队 2000 亩地，一个团 20000 亩地，他的播种改良方案节约了上万斤粮食，被当时所在师党委通报表彰。在那个吃饱肚子都很难的年代，这样的节约意义是不言而喻了。

父亲工作的样子,除了下大田,要么一边拨拉着算盘,一边写着阿拉伯数字;要么就是在一个天平秤上不停地称种子的克数;要么就是拿一把卡尺量棉花的长度。当农业技术员期间,为了掌握棉花的生长动态和规律,他可以在棉花地里一宿一宿地蹲着,仔细观察,看棉花怎样发芽、生长、开花、结桃、吐絮,详细做好笔记,何时浇水、何时施肥等他也总结出了最好的方法。我读中学时,一天深夜,他摸黑起床,穿着长筒胶鞋,拿着坎土曼出了门,随着一阵冷风灌进屋内,他的身影迅速消失在漆黑的夜里。直到东方泛出鱼肚白,他才带着满身的疲惫和满鞋的泥泞回到家,开口就说:昨晚给棉田浇水时间和用量把握得很好,只要天气不下冰雹,今年棉花一定能获得大丰收。父亲憔悴的脸上泛出希望的光亮。这光亮,闪闪烁烁,点点滴滴地融入工作中,融入生命里。

父亲文化程度不高,也不懂韵脚,却很会编一些顺口溜。在评定助理农艺师的考核答辩时,父亲没有农业学校背景,但实践经验丰富,他根据给出的题目编写了一段很长的顺口溜,现场背诵,顺利过关:"新疆春温多变化,秋天温度下降快,稻米棉花长得旺,矿产资源遍地藏,葡萄瓜果美味香……南疆遍地种棉花,北疆牛羊满山坡,巴州伊犁出骏马,库车羊羔一枝花,阿克苏的大米人人夸,和田地毯走天下……洋缸子(妇女)跳舞又唱歌,巴郎子(孩子)弹的是冬不拉。新疆好,新疆好,地大物博人烟少,解放军,不简单,戈壁滩上建花园,沙漠转眼变良田。高楼大厦电灯亮,人民生活有保障,骏马腾飞创大业,羚羊起步奔小康……我是毛主席的战士农垦兵,扛起枪杆能成边,拿起锄头会种地,犁地播种撒农药,植树造林种庄稼……端起碗来想起您,感恩伟大的毛主席,感恩伟大的中国共产党!"这段顺口溜淳朴自然,新疆的特点、兵团人的精神、对毛主席和共产党的热爱在字里行间跳动。

2019 年 9 月 22 日，新中国成立 70 周年前夕，在惠州的家里，父亲工作的单位——新疆生产建设兵团农三师党委慰问组专程到惠州，给父亲戴上了中共中央、国务院、中央军委颁发的"庆祝中华人民共和国成立 70 周年纪念章"，老人家热泪盈眶："我离开新疆这么远，你们还找到我了，感恩习主席，感恩共产党，感恩农三师党委，愿伟大祖国繁荣昌盛！"父亲思路清晰，表达流畅。连着好几天，他戴着纪念章在小区内和周边散步，"爷爷的奖牌好漂亮"，"大伯是国家的功臣呀"，"大叔有福呀，我的父亲如果还健在，也能戴上这个纪念章呢"……大家投来的目光和赞赏的言语，不仅焕发着他的精神，也唤醒着他的记忆，只要有空，父亲就会去小区的凉亭里讲述他在新疆屯垦戍边的故事。

二

父亲对母亲的爱细密如发丝。

他们的婚姻是充满戏剧色彩的。母亲董慈英是湖南长沙市人，1951年响应国家号召参军进疆，是光荣的"八千湘女"之一。当时，有一位师部首长相中了母亲，母亲认为与首长的年龄悬殊太大，无法白首到老，谢绝了组织的撮合，直到年近 30 才和父亲相识，是母亲先伸出的橄榄枝。一天，母亲守在父亲下班必经的路上，见到父亲，一边轻松地打招呼，一边问："你吃瓜子吗？"还没等父亲答复，就从口袋里掏出一把葵花籽，放在父亲手里，一张纸条也随着瓜子送到了父亲的心窝里。父亲是起义人员，在国民党部队做过电台报务员，敏感的身份让他对母亲的情感有些受宠若惊，两个人恋爱结婚担心组织不批准，正在一筹莫展之际，时任农三师副师长的杜秀全到四十二团视察工作，机敏的母亲感到机会来了。

母亲进疆前是长沙市纺纱厂的工人，四十二团成立加工队时，她做轧花机维修工，杜副师长曾在四十二团当过团长，一次杜团长来检查工作，母亲把他挡在门外，一脸认真地说："机房重地，闲人免进。"搞得加工队长下不了台，却赢得杜团长的好感。人世间的缘分真是很奇妙，当母亲拿着结婚申请报告请杜副师长帮忙时，偌大个团场，杜副师长居然也认识父亲，说："就是一连那个植保员吗？是个好后生，我来保媒。"于是母亲拿着杜副师长特批的报告和父亲完婚，许多人不看好的婚姻就这么水到渠成了，别人都说父亲本事大，娶到了当时炙手可热的湘女。

母亲具备湘妹子的所有特性，漂亮活泼、聪明泼辣，会打篮球，会吹笛子，会打腰鼓，说话高声大嗓，做事风风火火，和父亲的性格形成鲜明对照，两人是典型的气质互补型家庭，虽然生活习惯南辕北辙，但丝毫没有影响他们携手走过50多年，同甘共苦半个世纪。特别是在父亲含冤受屈的几年，母亲不离不弃，就像坚信总有云开雾散的日子一样，坚信父亲是好人。年纪越大，他们越是形影不离，在喀什最繁华的商业步行街上，两个老人手牵手的身影，成为一道最暖的风景。

父亲在方圆是出了名的好脾气。在我的记忆里，父母也会磕磕碰碰经常吵架，但基本都是父亲让着母亲，父亲在岗时为了工作，顾不了家，离休后，随着母亲身体状况越来越不好，他的照顾也越来越无微不至。记得一年冬天，母亲过马路时不慎被汽车撞伤，在家休养时，因为不能下床活动，大小便都在床上。那时候家里没有暖气，是用生铁炉烧炭取暖，也没有备用的医用便盆。一天，我进门，看见父亲正拿着家里的搪瓷盆在炉子上慢慢烤热，然后轻轻放入母亲身下，动作轻缓，极有耐心，我当时瞬间被父亲这个细节感动，泪水充盈了眼眶，这才是相濡以沫呀。

母亲最后的 10 年间，患上了严重的哮喘，先后住院几次，每次住哪家医院，住了多少天，用的什么药，对什么药过敏，父亲都在本本上记得一清二楚。母亲每天吃的药，都是父亲一日三顿送到手心，只要打听到有什么药对母亲的病情有帮助，他就一家一家药店去寻找；母亲的病情哪些食物要忌口、哪些水果不能吃，他会一一给我们交代清楚，让我们不要买回家。熟悉母亲的医生、护士，都对父亲赞不绝口，说母亲好福气，嫁了个好丈夫。因为父亲高寿，不少人向他取经，他给出的养生之道是：戒烟限酒，平衡饮食，坚持锻炼，心情愉快，团结老伴。前几句大家都熟悉，而最后一句"团结老伴"把大家逗乐了，也证明了母亲在他心里的分量。他对母亲的关爱包容就是这样丝丝缕缕地疏展在每一天的日子里。

2012 年 3 月 5 日，母亲长眠在她工作生活了 60 多年的第二故乡，宛若洞庭湖飘来的一片美丽的云霞，载着对生活的无限眷恋，载着父亲对她的爱，悄然地滑落在天山脚下。

三

父亲对子女的爱温润如春雨。

从小到大，我从没有见过父亲高声大嗓训斥我们，更没有动手打过我们。记得有一次我和妈妈生气说了过激的话，父亲只是把我叫到一边说："孩子，我知道今天这事你妈不对，可是，她全家 12 姊妹，只剩她一个了，她个性强谁也改不了，她从长沙市来到大西北，不嫁高官嫁给我，辛苦劳累了半辈子，如今她有病，脾气不好，你就多让让她吧。"我一下子就哭了，赶紧去抱住妈妈给她道歉。

对我们的进步，父亲看在眼里，喜在心里。1979 年 10 月哥哥参军入伍，他一连几天都重复着说，儿子是我们家第三个穿军装的。哥哥寄来的照片，他端端正正夹进家里的相框，每天都看几眼，神情里写满骄傲。我同年考上中专，他跑前跑后给我置办生活用品，还特意嘱咐妈妈给我做两件新衣服，临近毕业，又给我买了一块西铁城女表。1985年妹妹考上大学，他更开心了，乐颠颠地说："咱们家出了个大学生，我要回老家到祖坟上去上炷高香呢。"孙子辈不管哪个考上大学，他都会备一个红包，以示祝贺。父亲有个习惯，心情好时，会一边哼着小调一边在房间来来回回走，经常引得几个孙子辈直呼："爷爷，头都被你晃晕了。"而父亲就像没有听到一样，继续着他的室内转圈运动。

有一件事过去很多年，但在我的心里像刀刻的印记始终难以忘怀。1992年我被疏附县委宣传部评为优秀通讯员，奖品是一个黑色人造革公文包，我拿给父亲用，他每天出门宝贝一样带着，逢人就说，这是我家大女儿写文章获得的奖品，一直用到实在破旧到不能用了才扔掉。父亲的鼓励，一直是我人生道路上砥砺前行的动力。

我们结婚时单位分了一套带院子的房子，因为和父母一起住，为了利用院子的空间，父亲当时60多岁，他买来土块、木料，自己动手在院子里和泥砌墙，没过几天，院子里变戏法一样多了一间很漂亮的厨房，亲朋好友都啧啧称赞。

站在时光的渡口，岁月的年轮在我们身上画了一圈又一圈，父母的印记也如影随形地在我们体内渗透出该有的模样。哥哥从部队转业，当了几年公务员，因为不喜欢朝九晚五的节奏，向往自由自在的工作氛围，他最终选择去了建筑企业做管理，直至退休。妹妹大学毕业后辗转了好几个单位，从中学物理老师到党校政治理论讲师，从市委宣传部常务副部长到喀什二中副校长，2022年在喀什地委党校副校长岗位上退休。我毕业后被分配在喀什疏附县外贸局做了会计，后来在县委宣传部、妇联、地委组织部工作，2011年在农行喀什分行办公室主任的岗位上退居二线。目前受聘于惠州一家上市公司做行政和人力资源管理工作，绽放出与以往迥异的生命色彩，让"活到老、学到老"的音符叮叮咚咚地延续。

2015 年至 2017 年，我和哥哥的家先后都从新疆喀什迁移到广东惠州定居，我几次劝父亲来惠州，他说故土难离，自己早就是喀什的一株草、一棵树，适应了西北的水土。我知道，父亲心里还有一个顾虑，就是自己百年之后不能和母亲葬在一起。后来经不住我哥哥晓以利弊的一再恳求，为了让我们省心，他终于下决心来惠州。

2018 年 4 月 6 日，父亲以九十多岁高龄，离开第二故乡——新疆喀什，踏上了从西北到广东惠州的南迁之路。因为年事已高，不能乘坐飞机，他在哥哥和妹妹的一同陪护下，坐了三天两夜火车。一路上，他从刚上火车的不安焦虑、嘴唇紧闭到慢慢舒展，开始和列车上的旅客聊天，眼里的风景也从苍茫恢宏变得葱茏秀美。妹妹说："爸爸最喜欢看田地，说南方的田地面积都不大，不适合机械化作业，不像新疆的农田都是大片大片的，一眼望不到边。"妹妹调侃说："爸爸，走到天南地北您都三句不离本行呀。"爸爸说："我和泥土打了一辈子交道，对土地的感情你哪里懂呀。"

我在广州接到了父亲一行，晚上入住四季国际酒店，现代化大都市绚烂的灯火，摩天的大楼让他感到晕眩；看到气派的大堂，豪华的装饰，嗔怪我们浪费钱；躺在松软的席梦思床上，他激动得睡不着，走进卫生间，他吃惊地见识了自动起落、自主冲洗功能的智能马桶盖。一边发出感叹："科技太发达了，做梦都想不到能有这样的生活。"一边满足地说："我比你们的妈妈幸福呀，享受到养儿育女的福气了。"

我们同龄朋友都说老人家的选择深明大义：一是免了我们兄妹每年来回奔波的劳碌之苦，二是方便照顾，也免了远隔万里的无尽牵挂。如今，他已经在南方生活了 4 年多，很适应，自己能做的事坚持自己做，还很快适应新的环境，在小区结识了新的朋友。

父亲对我们的爱，就是这样不浓不烈，散发着熨帖的烟火气，让我们时刻都能体会到那种适中而恒久的温度。

四

父亲对生活的爱顽强如胡杨。

胡杨三千年生命的故事已然成为新疆大西北的励志经典。父亲近百年的风雨兼程，近一个世纪的酸甜苦辣咸，多少喜怒哀乐，深埋进他胡杨一样顽强的守望里。他脸上的皱纹，像胡杨树历经风吹日晒、镌刻着裂纹的树皮，他驼着的背影，就像胡杨那弯曲的枝干，坚韧地昂首向上。

1953年到1954年，父亲在吐尔尕特深山放牧2年，一个人管理着800只羊、100匹战马和70头牛，早上迎着晨曦出门，夜晚披着星月回到营地。我问父亲，一个人天天对着一群畜生，不寂寞吗？父亲说，畜生也有感情咧，骏马喜嘶鸣，羊儿爱撒欢，牛儿最安静，经过训练，它们都很听话，我让它们去东面山坡，它们绝不会去西面草滩。父亲说放牧的日子虽然孤单但很惬意，看天上的白云，看地上的绿草，看蚂蚁搬家，听小鸟唱歌，累了就天当被子地当床，美美睡一觉，有时候站在山腰上，对着一群牛羊放声高歌。一次，山谷里河水猛涨，挡住了父亲和他的牧群回营地的路，没有办法，他只能宰杀年岁大一点的羊，用山里的树枝烤熟了吃，一连20多天，坚持到汛期过后，父亲的牙床已经烂到吃不了东西。

"文革"时期，父亲是吃了很大苦头的。他自己从来不说，也从不抱怨，我只是听母亲偶尔说起父亲"蹲牛棚"期间，写检讨、挨批斗、游行，有时候还被逼着跪碳渣，脖子上挂着10多斤重的拖拉机链轨板低头认罪……早些年我也几次问起，想了解当初疯狂年代那些不为人知的一些细节，但是父亲都会一边摇头一边哽咽着说："那是遭了罪的，但是我对现在一天比一天好的日子很满足，就不提那些陈年旧事了。"随着他年纪越来越大，我更不忍心去揭他的疮疤，就让那些不堪回首的往事封存在老人的记忆里，甚至彻底遗忘吧！

离休后，父亲常年坚持阅读，新闻联播和天气预报是他每天必看的电视节目，国家大事他都能说出个子丑寅卯来。

2021年9月，惠州市退役军人事务局启动了"抢救惠州老兵声像资料资源"活动，广东省艺术摄影协会副主席、惠州市艺术摄影协会主席林海一行3人到家里采访父亲，他非常配合地一一回答了记者的提问，说到动情处，他说："毛主席带领我们站起来，邓公带领我们富起来，习主席带领我们强起来。"情感真挚，表达流畅。采访结束，记者不仅让父亲按下了手模，还要拍一段视频，老父亲因为刚做完胸腔积液穿刺手术，体力虚弱，他先是坐着整整衣领，颤悠悠起身，慢慢挪步到记者挂好的鲜艳的五星红旗前，左手拄拐，右手敬礼，庄重地大声喊道："老兵张积福向祖国敬礼！"感动得林主席不停地叫好。事后爸爸说，你们怎么没有提前告诉我要采访，我都没有好好准备一下。

半个月后，我们又接到街道办要来慰问父亲的通知，当天一大早，身体逐渐康复的父亲早早起床，穿了一件新衣服，用电动剃须刀把胡须剃得干干净净，然后坐在床边，嘴里轻声的念念有词，我知道他在做采访准备，不忍心打搅他，等他感觉胸有成竹了，才唤他出来吃早餐。虽然那天只是慰问，没有采访，但是他在细节处体现出的认真用心，总在不经意间映衬出对幸福生活的热爱。

他坚持锻炼，生活自律又规律。他买来书本自学气功，还自己创建了一套从头到脚的按摩操，十几年如一日地持续练习，对预防感冒、治疗鼻炎都十分有效，还时不时地给邻居和老友传授秘诀。不论是在喀什，还是在惠州，他对小区周边哪里理发，哪里买药，哪里看病，哪里有什么吃的都一清二楚，有需要就自己去办，最大限度地减少对我们的依赖。妹妹从新疆来看他，他早早等在门口，主动给妹妹当向导，带着她东游西逛吃美食，让我们特别开心。

父亲对生活的爱，不温不火，充满弹性，这也是他能长寿的原因之一。至于他对同事邻里的爱我不好表述，但是所有和他打过交道的人，都会说他是一个好人，"好人"这个概念足以证明一切了。

岁月是无情的风，吹皱了父亲的脸，吹白了父亲的发，吹弯了他曾经那么笔直的腰杆，但吹不散聚集在父亲眼睛里的慈爱，吹不走流淌在我们心中的暖流。无论我们几兄妹走得多远，飞得多高，都能心境安澜，因为有父亲的目光在身后，有父亲的身影伴左右，足以为我们撑起一片晴空。

中秋记忆

又到中秋。每年的这一天，我的心绪久久不能平静，既有对一家团圆的满足和幸福，又禁不住想起曾经的中秋往事。

中秋节，不论是嫦娥奔月的传说，还是古代祭神的演变，在大众心中早已是阖家团圆的美好日子，或举杯共饮，或举家旅游，都是为了不负这大好的秋光。然而，提起我家的中秋节，却是别有一番滋味在心头。老公周宗华在新疆红其拉甫海关工作的 10 年间，我对中秋团圆的渴望是难以忘怀的，女儿周希更是最刻骨铭心的。因为在她的记忆中，自 3 岁多起爸爸调到红其拉甫海关工作后的 10 年间，我们家就很少过过一个完整的中秋节。上小学时，她就用稚嫩的笔端写下"八月十五月儿圆，家家户户都团圆，爸爸工作在高原，女儿望月泪涟涟"的诗句。读中学时，老师用《圆》为题，让孩子们自由发挥写作文。女儿提笔写了一篇《大圆，小圆》：月圆家难圆，孤灯伴独影，每年中秋节，我只能和妈妈为伴，在寂静的包裹中，望着月儿泪涟涟。品尝不到家人团聚的美酒，也体会不到月饼的醇香。或许，爸爸比我还期待着团圆，可是，国家的利益高于一切，国门上需要爸爸，家家户户的安定需要爸爸，一个小家的不团圆，是为了山下的千家万户的团圆啊！比起这个大圆来，我家的小圆就显得有些微不足道了。而细细琢磨，海关家属院又有几家是"圆"的。这群豪情壮志的海关人，有哪一个是舍大家而顾小家，又有哪一个畏惧了那被誉为"死亡之谷"的帕米尔高原？他们的功绩，他们的精神，他们骨子里流淌的热血，只有那一轮高悬的明月作证……月儿又圆了，我托这轮圆圆的月亮给爸爸带去一份甜美的思念和祝福。这篇饱含浓浓亲情和思念的作文，被老师画满了红圈圈，当作范文，也被2007年出版的由冯鹭执笔的长篇报告文学《圣土不老》引用。

红其拉甫位于祖国最西部的帕米尔高原，海拔约4000米。这里蓝天如镜，雪山林立，原生态的塔吉克族民俗风情，令多少人心驰神往；这里高寒缺氧，紫外线超强，被誉为"生命禁区"，又令多少人望而却步。"山上不长草，风吹石头跑，氧气吃不饱，四季穿棉袄"是这里的真实写照。记得作为家属第一次上山体验生活，走在路上，失重感让我感觉要飘起来，一步一步像是电影里的慢镜头。在这样艰苦的自然条件下，一代又一代海关人，用信仰、热血和忠诚在雪谷雄关凝练了特别能吃苦、特别能奉献、特别能忍耐、特别能战斗的"四特精神"，2005年被国务院授予"艰苦奋斗模范海关"的荣誉称号，由国务院副总理吴仪亲自颁授牌匾，在风雪高原上锻造了海关一座挺立的历史丰碑。我老公是践行"四特精神"的一员，由于工作性质的特殊，中秋不能和家人团圆只是一个小小的侧面，他因公断了一截手指，由于工作地离市区医院太远，不能及时救治落下残疾。说起当时的艰辛，老公说：一方面要忍受高原反应对身体的伤害，一方面要忍受常年待在冰山上的单调寂寞对精神的考验，没有坚强的意志是难以承受的。生活在这个特殊的群体中，能听到许许多多不一样的故事，但感受到的是同一种情怀，这份情怀深入骨血，赓续绵延。

都说历史是最好的教科书，其实家长何尝不是孩子最好的老师呢。父亲在艰苦岁月里留下的足迹，早已悄悄在女儿的心里埋下了种子，会慢慢地生根、发芽、结果。女儿现在是惠州海关的干部，2019年光荣当选为惠州市"十大最美家庭"；2019年11月4日，广东省"时代新人说——我和祖国共成长"演讲大赛总决赛，在广东广播电视台1600平方米演播厅举办，来自全省各行各业的6000多名选手，经过层层选拔，最终12名进入总决赛，女儿代表深圳海关参赛，她以《手》为题，从讲述父亲的故事到讲述海关人的事迹；从西部风雪边关讲到南国繁忙的口岸；从自贸区建设到大湾区发展，以小故事开头，大格局结尾，情感真挚，扣人心弦，荣获银奖。正是有了曾经不一样的生活经历，她才能在感情深处表达出对海关这份职业的崇敬和对祖国的热爱。

在红其拉甫海关，至今流传着这样几句话：有一种生活你没有经历过不知其中艰辛；有一种艰辛你没有体会过不知其中快乐；有一种快乐你没有拥有过不知其中纯粹。我想，女儿和大院里一起长大的孩子一样，正是和父辈们经历过艰辛、体验过快乐，才能拥有现在的这份纯粹。愿这份艰辛能成为后辈们前行的动力；愿这份快乐能绽放出绚丽的色彩；愿这份纯粹能成为时代新人的心灵图腾，正如天空中那一轮皎洁的明月。

木华黎的金色年华

根据严歌苓小说改编的电影《芳华》自上映至今有好几年了。我反复看过几次，每看一次，都会感慨落泪，尤其是那段优美的舞蹈《沂蒙颂》，只要音乐响起，我浑身的汗毛立马就能竖起来，看着演员伸臂、抬腿、旋转、跳跃，我感觉整个人就像回到了十几岁的时光。一起看电影的伙伴不理解，一段舞蹈，怎么能让我如此热泪盈眶，因为她们不知道，这段舞蹈不仅承载的是一代人的歌舞回忆，也让我想起，一个特殊的群体，在一个叫木华黎的地方度过的金色年华。

木华黎

新疆生产建设兵团，最早是由王震将军 1950 年率领入疆的部队和起义的国民党官兵组成。这些经过战火洗礼的军人铸剑为犁，他们一手拿枪，一手拿镐，承担着巩固边防、开荒种地、发展经济的艰巨使命，成为新疆一个特殊的半军事化战斗集体。我出生在位于喀什的农三师四十二团，团部所在地称木华黎，后来查资料才得知木华黎原来是蒙古国一个大将的名字，以沉毅多智、骁勇善战著称，30年间，辅佐成吉思汗统一蒙古诸部，战功卓著，1219年前后，木华黎随成吉思汗率兵西征，其部分将士驻扎于四十二团辖区，因而得名"木华黎"。

四十二团和多数团场一样，是共和国最早的军垦农场之一。来自湖南、山东、河南、湖北、甘肃、上海、浙江、北京以及转业军人的支援大军源源不断地汇集到这里，他们几十年如一日，一代接一代，用汗水、鲜血、青春乃至生命履行着屯垦戍边的使命，在盐碱荒滩呕心沥血孕育出一片绿洲。他们的后代——也就是我们这批生长在20世纪六七十年代的一辈，被称作"疆二代"。

人人都知道新疆风景优美，瓜果飘香，但是在我从小的记忆里，是风沙漫漫，望不到边的连绵沙丘，看不到尾的盐碱戈壁，木华黎的盐碱地，看上去白花花的一片，像铺了一层雪，喝的水都是咸咸的，很多人的牙齿会长黄垢；我们一年很难吃上一顿白面，有时候妈妈会把沙枣掺在玉米面里蒸馒头，一方面解决粮食不够的问题，另外还可以让单调的饮食增加一点甜滋滋的味道；那时候穿的衣服几乎没有不打补丁的，衣服胳膊肘处会缝两块补丁，裤子也是屁股上一块、膝盖上两块，这成为我们的经典服装造型。

我们住着低矮的土坯房，感觉一伸手就够得着屋顶，就这样妈妈还说很不错了，她刚进疆时住的是"地窝子"。"地窝子"是兵团人最早的栖息地，在沙包挖一个一米多深的坑，四周用柳枝围城圈，防止沙子流下来，再用结实一点的树枝、干草搭成屋顶，用泥巴糊起来，在顶上开个窗口，里面条件好的搭几块木板，要么就是铺一层麦秆稻草，就是床铺。记得有人形象地比喻：我们下连队，车子开到戈壁滩，不见人影，随着连长大声呼喊，变戏法一样三五成群的人从地里冒出来。"疆一代"很多人就是住在地窝子里，一边开荒种地，一边打土坯慢慢盖起地面上的房屋。

那时的学校，学业任务不重，劳动课很多。学校会根据时令需求组织学生参加劳动。夏天割麦子；春天挖排碱沟；秋天拾棉花；冬天到沙漠挖红柳、捡柴，还有一项重要劳动就是积肥，同学们上学要送一筐肥料给学校农场，我家离学校比较远，爸爸专门给我做了一个独轮车，用来运肥料。我们的娱乐活动主要是跳橡皮筋、攻城、滚铁环、打沙包、踢毽子等等，虽然生活很艰苦，但是心里简单充实又快乐。最难忘的还是在宣传队的时光，现在回想起来都有别样的甘甜，如陈年老酒，历久弥香。

宣传队

每逢假期，学校会从各班抽调有文艺细胞的学生组成毛泽东思想宣传队。"东风吹，战鼓擂，红旗飘，军号响……四十二团子校文艺宣传队汇报演出现在开始。"随着一男一女两名主持人激情饱满的朗读，大幕徐徐拉开，开场舞蹈便在热烈的鼓乐声中开启。

宣传队有一个大厅，是会议室，也是练功房和排练厅。我们的主要任务除了每天压腿、弯腰、劈叉、小跳、大跳、剪子跳、旋转等舞蹈基础练习，就是在老师的分工指导下，一个接一个的节目排练，等所有节目排练完毕，就进入"扣动作"阶段，这个阶段最熬人，动作是否做到位、团队每一个动作是否整齐划一，全看这个阶段的反复练习，有时候一个动作可以重复做几十次，直到老师满意为止，累得腰酸腿疼胳膊肿。接下来就是彩排审查，化妆、服装、道具和正式演出一样，观众是团部首长和文化宣传相关部门负责人，审查后，总会有几个节目因为质量不高被刷掉。节目单确定后，首场演出就在团部，接着就马不停蹄地去各个连队巡回演出。

我至今能记得的节目有：器乐合奏《山村来了售货员》《金蛇狂舞》；郭琳的女声独唱《萨利哈最听毛主席的话》；合唱《歌唱敬爱的周总理》，随着一唱周总理到三唱周总理，台上演唱的人声音哽咽，台下的观众泪流满面，表达了人民的总理人民爱，人民的总理爱人民的浓浓深情。我参演的有舞蹈《大寨精神亚克西》《草原英雄小姐妹》，表演唱《库尔班大叔您去哪儿》，扮演库尔班大叔的李元廷和扮演姑娘们的我们几个，通过对唱一问一答，载歌载舞，用浓郁的维吾尔地方特色，活灵活现地展现出库尔班大叔上北京的历史场景。

杨丽萍和吐拉洪演唱的京剧《沙家浜》里的经典选段《同志们杀敌挂了花》，字正腔圆，把沙奶奶和郭建光演得惟妙惟肖。

《天安门前留个影》是反映工农兵代表上北京的歌舞。陈丽扮演摄影员，董新萍扮演来自粮棉如山的大寨农民，她圆乎乎的脸，一笑起来弯弯的眼，身穿蓝底碎花衬衣，头上还扎着一条白毛巾，典型的农村妇女形象；谢金贵扮演来自石油滚滚的大庆工人，他几个空翻进场，演出了工人的干劲。

最出彩的是郭庆扮演的来自风雪弥漫的边疆战士，一身绿军装，用十几个360度平转从幕后一直旋转到舞台中央，一个立正、敬礼，那个飒爽英姿，用现在的话叫帅呆了。

山东快书《赔茶壶》是刘振国的拿手节目，随着两块月牙板在手中上下翻飞，有节奏的"当哩个当"，他麻溜地给大家讲述一个部队战士不小心打碎老百姓的茶壶执意赔付的故事。在宣传队，做道具、搬物品、劈柴生炉子，他苦活累活抢着干，是典型的"暖男"型大哥。

宣传队就是一个温暖的大家庭，几十年过去，虽然我和很多队友再也没有交集，但依然能想起他们的样子：高大帅气的小提琴手郜瑞宏，跳起舞来生龙活虎的殷安龙，弹扬琴的高庆华，手风琴手李军和杨晓怡，吹笛子的冯明春和周宗华，弹三弦的颜如玉，拉二胡的鄢尚清、张英俊、周少华和我的哥哥张如明……

应队长

说起宣传队，不能不提队长应书栋。他是我们的大家长，也是上海支边青年的领队，高高的个子，有1.9米，戴副眼镜，脾气随和，浑身散发着儒雅知性的气质。除了管理好宣传队日常工作，协调各方关系，他还是宣传队的救场角色，如果遇到演员们来不及换服装，他马上登台献一曲《乌苏里船歌》，高大的形象，配上高亢悠扬的歌声，引得台前幕后掌声阵阵。宣传队解散后，他在团部任宣传教育主任，很多高考学生的入学通知书都是经过他的手，我家先生周宗华清楚地记得，因为担心周宗华错过报到时间，应主任骑自行车十几公里把他师范学校的录取通知书送到四连，累得满头汗水，来不及喝一口水，应主任又就马不停蹄地去另外一个连队送通知书了。后来，应书栋一直从事文艺和群团工作，农三师成立文工团，他出任团长，最后在师部工会主席的岗位上退休。

退休后，他孑然一人回到上海，不久罹患胃癌，每次住院治疗，许多知青自发陪护；最后的日子，有四位上海女知青24小时轮流在他家值守照顾。上海的同学王琳芬曾多次去探望，她告诉我，应队长去世后，上海、宁波还有其他地方前去送别的人挤满了大厅，街坊邻居都问，去世的人是不是个大官？

应队长的感情经历也十分让人动容。他和杨老师是初恋情人，一起从大上海到大西北插队，感情甚笃。和所有热恋情人一样，他们也因误会产生了分歧，当时据说为了继承亲戚的遗产，杨老师远赴香港，从此天各一方。应队长将失恋的痛苦深埋心底，一门心思扑在工作上，不论在哪个岗位，都有很出色的业绩，他人缘极好，男女老少都对他敬爱有加。他在文工团任职，身边虽然美女如云，但不为所动，终生未娶。他患病后，同事、知青、学生从各地去上海探望，杨老师得知消息后也来到上海，走过几十年春夏秋冬，历经几十年花开花落，两人相见，抱头痛哭，冰冻的误会早已被滚烫的泪水融化。

后来，杨老师多次从香港来上海照顾他，给他买来衣服、鞋子，亲人般的悉心照料。在他弥留之际，杨老师乘坐的飞机七点钟到达上海，在机场迎候的专车一分钟都不敢耽搁，把她直接送到应队长病榻前，所有知青把最后的时间留给这对难成眷属的恋人，不到两个小时，应队长就合上了双眼，最后他们说了什么，是遗憾还是欣慰？大家都不得而知。大家知道的是：以后连续十年，每逢应队长祭日，杨老师都会从香港专程赶来，按照上海人的习俗，把提前准备好的锡箔，拿到他的墓地去烧，所有的伤感都随着那飘飞的青烟在墓前萦绕……

小不点

宣传队总共持续了好几届。我们那届大多是高中的哥哥姐姐们，最小的就是我们初一（甲）班的几个正处豆蔻年华的小女孩：杨晓悦、王琳芬、冯奕、我和后来加入的楚敏军。老师和哥哥姐姐亲切地叫我们"小不点"。当数学老师王必忠一听说我们被抽调去宣传队跳舞，就很不开心地瞪着圆圆的大眼睛，用浓重的四川腔说："人家是学而优则仕，你们几个是跳而优则仕。"我们几个嘻嘻哈哈拉着王老师的胳膊说："我们喜欢跳舞呀，我们不会耽误做题的，您就让我们去吧！"直到逗王老师开心了，我们就一蹦一跳去宣传队了。2017年我从广东回喀什，王老师也刚好从老家来，说起这段往事，王老师说："你们几个跳舞的孩子学习都很好。"

杨晓悦和楚敏军是团部首长的孩子，一个高挑恬静，一个小巧活泼，从不摆架子，和我们很亲近，我们几个偷偷跑到杨晓悦家，学大人的样子用烧热的火钳把头发烫卷，被老师一顿批评；冯奕是家中的独生女，性格文静，做事细致；王琳芬家中姐弟五个，她排行老大，懂事活跃，她主演的情景剧《一块银圆》，讲述的是万恶的旧社会，地主恶霸用一块银圆将一个随妈妈讨饭的小姑娘强行抢走，灌了水银为地主父亲殉葬的悲惨遭遇，定格造型时，她一动不动，演得很逼真。

舞蹈《沂蒙颂》是我们几个小不点的保留节目。淡蓝色的斜襟上衣，扣子是一排黑色的盘扣，同色的中裤，外加一条黑色绣花小围裙往腰上一系，就把我们的小蛮腰全都凸显出来了。舞蹈动作是根据芭蕾舞《沂蒙颂》简化而来，舞蹈通过英嫂为受伤的解放军战士熬鸡汤的表演，展现军民团结一家亲的动人场景。由于一直是保留节目，如今，40多年过去，我依然记得每一个动作。这也是我为什么看了《芳华》里的《沂蒙颂》会热泪盈眶，因为它一下子就把我带回到那个叫木华黎的地方，带回到四十二团子校宣传队，回到了那间充满欢歌笑语的排练大厅。

宣传队解散后，哥哥姐姐有不少陆续考上了大学、中专，我们五个小姐妹有四个初中毕业直接报考中专，我上了喀什财贸学校外贸会计班，现定居广东惠州；冯奕上了喀什师范学校英语班，现在四川达州；王琳芬考上了护校，很早到上海安家落户，经常去探望回城的老师，许多老师的联系方式和具体情况也多是从她那里得知的；楚敏军上了军校护训班，目前在乌鲁木齐；杨晓悦学历最高，读完高中考上了西北轻工业学院，也在乌鲁木齐。几个小不点在未来的工作单位都是干工作的一把好手，而且成为单位的活跃分子和骨干。

小插曲

当我提笔写宣传队的故事时，记忆的闸门就被撞开了，许多事情的细节都闪现出来，越来越清晰。有一次我们去十连演出，大家都是步行，我当时有点感冒，就安排让我坐上骆驼拉的装道具和服装的车，路上要翻越一座比较陡的沙丘，爬到半路，不知道骆驼累了还是饿了，跪在沙丘的半坡上不肯不起来，口吐白沫，昂头吼叫，吓得我哭起来，幸好赶车的大叔有经验，他一边用厚实的肩膀奋力扛起辕杆，一边在骆驼屁股上抽了一鞭子，大喊了一声，骆驼就乖乖地站起来，打了一个喷嚏，继续前行了。事后我才听说：骆驼如果倒地后五分钟内不起来就有可能死去，所以必须强行让它站起来才能活下去。

我在冬天很爱生冻疮，除了手脚、耳朵长了冻疮，甚至脸部也出现了红肿的小疙瘩，冻疮冷时疼，热时痒，那个难受劲折磨得我至今都怕冷。冬天的排练大厅里，只有一个大铁皮炉子生火取暖，屋里并不暖和，老师要求队员要把厚重的外套和围巾脱掉，方便排练，为了不影响演出时化妆，我需要每天涂冻疮膏，老师还特许我可以戴着围巾排练，好在随着气候变暖，加之特殊照顾，在春节正式演出前，我脸部的红疙瘩冻疮知趣地消退了。

第二年暑假，我不想再去宣传队吃苦受累了，点完名就偷偷溜回八连的家，得意地认为八连离团部较远，不会有人注意到我，可以自由放飞一个假期了。没高兴几天，郑翰章老师来到八连，我看见妈妈黑着脸在前面带路，老师紧跟在后，走进我们家门，老师一脸严肃，一句话不说，卷起我的铺盖，往背上一甩，大步走出家门，我吓得大气不敢出，老老实实跟在后面，老师步子大，我跟得很吃力，知道自己错了，也不敢提出走慢一点的要求。我进到排练大厅，看到大家都用异样的眼光看着我这个不听话的小逃兵，我恨不得有个地缝钻进去。好在我很快学会了自己角色的动作和台词。后来，刘振国大哥说，小丫头跳得不错，难怪郑老师要把你抓回来。

姐妹花

郭琳和郭庆是宣传队的姐妹花，高高的个子，亭亭玉立。姐姐郭琳浓眉大眼，性格开朗，一对长麻花辫，走起路来甩来甩去，摇曳生姿，是许多哥哥们心目中的女神级人物，在宣传队，她做主持，独唱，还拉手风琴，是个全才。妹妹郭庆眉清目秀，不苟言笑，性格冷傲，可是跳舞柔中有刚，动作舒展利落，她和许尔冬的双人舞《金色的种子》是演出必备节目，托举、劈叉，他俩的舞蹈动作难度最大，场场演出都博得热烈的掌声，后来她接替高庆华在乐队弹扬琴，器乐合奏她一直是 C 位。

她们的家世和我雷同，我父亲是甘肃人，被国民党抓壮丁入伍，1949 年新疆和平解放，他所在的部队都改编成了解放军部队，母亲是 1951 年从湖南长沙参军进疆的"湖南辣子"。郭琳父亲是四川人，早年也是被国民党抓壮丁入伍，因为读过私塾，识文断字，在部队做了司务长。新中国成立后曾在塔里木农大就读，是当时少有的文化人；母亲 1952 年以排长身份送一批"山东妹子"进疆，因为当时兵团干部奇缺，就自动留下来，大人们都称她"徐指导员"。因为特殊的历史原因，两个父亲曾经遭受过不公平的对待，更不幸的是，郭叔叔在一次出去干活时，在沙漠里迷了路，再也没有回来。当时郭琳 11 岁，郭庆 9 岁。徐阿姨以山东女性的勤劳和坚强，不仅把她们抚养成人，而且教育得很好。她对女儿管教严格是出了名的，也正因为这样，两姐妹走到哪里，一言一行都很受长辈喜爱，后来在工作岗位上也很出色，姐姐做过县城建局领导，妹妹穿上了制服，进入公安系统，由于工作出色，调入乌鲁木齐天山分局，主要负责出入境管理，并在服务大厅做负责人；她乒乓球打得也是一流，曾取得过系统比赛单打冠军，直到退休，一直保持着当年的挺拔和利落。

岁月兜兜转转，我和郭琳最终调到一个单位工作，我们在单位几乎形影不离，总有说不完的话。夸起当年她的风采，她说："你可不知道，第一次上台独唱时，我害怕得两条腿在裤管里直发抖。"后来她随丈夫迁到兰州定居，一次偶然的机会，她被选中去了老年合唱团，凭着优雅的气质、专业的音乐水准和出色的表演才能成为合唱团的老师、声部部长和副团长。她说没有想到，宣传队练就的技能到老了还在发光出彩。

老师们

在四十二团宣传队，有一支非常专业和敬业的老师团队。许多节目作词、作曲、编排都是他们来完成。舞蹈老师有大眼睛的徐爱英、清秀的李金凤、机敏的郁雪琴，还有一位钱立老师，是我们几个小不点的语文老师和班主任，她个子不高，头发在后脑勺扎一个小马尾，元气饱满，神采飞扬，笑起来露出一口洁白细碎的牙齿。她组织协调能力很强，带我们练功、演出宽严有度，服装、道具摆放井井有条，因为我的语文成绩好，她很偏爱我，前几年我也曾去上海看望过她；歌唱老师朱翠珍，中等个子，圆圆的脸，眼睛不大，可是一亮歌喉，立马惊艳四座，她是上海音乐学院下放的，和一名复旦大学物理系的曹世行老师是全团学历最高的老师，郭琳独唱就是师从她，郭琳还清晰记得朱老师如何教她练嗓子、怎么气运丹田；郑翰章老师给我们当过语文老师，他个子不高，清瘦严肃，写字总在两道横线的中间，整齐好看，他很有才华，许多歌词、群口词创作都出自他之手，《沂蒙颂》也是他给我们五个小不点导演的；戴黎明老师是乐队总指挥，同时是手风琴和扬琴老师，2000年5月，周宗华去上海出差，在普陀山一家酒店邂逅了时任该酒店副总的戴老师，师生相见，分外亲切，说起当年宣传队的往事，更是频频举杯；赵鸿富是笛子老师，由于常年吹笛子，他的两个脸颊分别有一个深深的窝；唐连才老师是胡琴大拿，二胡、京胡、板胡都是他教，应该说，这些老师的专业水平造就了一支很有水准的文艺团队。

一个个熟悉的名字，记载着一段非比寻常的师生情谊；一幕幕难忘的场景，留下来一曲刻骨铭心的记忆华章。当年的宣传队员，多数年过花甲，老师们也在知青返城潮中陆续回到自己所在的城市，现在能联系到的只有寥寥几个。在那个看场电影都十分难得的年代，宣传队不仅是我们的娱乐天地，更是团里各族群众的精神家园。感谢在那节衣缩食的艰苦岁月里，兵团领导从牙缝里挤出经费，购置器乐、服装，组织这个特殊群体；感谢我们的老师，不仅教我们文化课，还教我们吹拉弹唱跳等技能。所以我想说，上山下乡，让许许多多城市的知识青年，在农村广阔的天地里晒黑了脸庞，磨硬了肩膀，锤炼了意志，他们把青春挥洒在戈壁，也把文明的火种埋在穷乡僻壤，让文明的花朵在戈壁沙滩绽放。用郭琳的话说："如果没有这些老师们，就没有我们的今天。"

时光如流，岁月如歌。几十年斗转星移，几十年改革变迁，木华黎发生了翻天覆地的变化。回到故里，几乎找不到原有的痕迹，虽然没有文艺宣传队了，但是建成了2600平方米的职工文化活动中心，新建20000多平方米的文化广场；团场每年举办集秧歌、舞狮、耍龙、腰鼓等节目为一体的"木华黎文化艺术节"……还有不少"疆三代"依然扎根木华黎，并孕育了"疆四代"，在今日这方充满生机的绿洲上，将金色年华赓续绵延。

追忆一起走过的那些年

谁都知道，再美丽的花也有枯萎凋谢的一刻，再蓬勃的生命也有告别离开的一天。然而，当一个十分熟悉的生命在猝不及防的时刻戛然而止时，我们除了感叹生命的无常，更多的是对逝去的人的追忆，追忆和他一起走过的那些年。

一

2022 年清明刚过几天，喀什师范学校 80-2 班的同学群里，一条噩耗一石激起千层浪，他们的班长——刘新林因病突发感染、抢救无效于 10 号下午 19 点永远地离开了，享年 65 岁。

在我的身边和周围，似乎没有哪一个人的离开让这么多毫无血缘关系的同学和朋友伤心落泪，甚至令几个硬汉失声痛哭。如果不是因为疫情管控的原因，新疆、北京的同学都要来深圳参加告别仪式，想送他最后一程。既是同学，又是好友的黄修燕说："这么多年，没有一个人的去世能让我如此的心碎难过，就是自己的老父亲病逝，因为久病在床是有心理准备的，也没有老班长的突然离世让人如此心酸。"

电话、微信群，老师、同学和朋友以各种方式表达深切悼念。有的发文字哀悼，字里行间充满着惋惜和悲痛，也表达着对家属的安慰；有的发照片缅怀，黑白照挡不住当年的英姿勃发，诉说着久远的同学情谊；薛新华同学专门制作了精美的相册，一张张照片，绽放着同学相聚的难忘时光，配上泣泪的文字和《怀念战友》的歌曲，拨动心弦，催人泪下；还有一段段他生前和老师同学的对话截屏，成为他留给世间的最后记忆。

刘新林是喀什师范学校80-2班班长，是我先生周宗华的同学，我和他还是党校95级中青班的同学。他的履历很简单，毕业后先是在喀什财校教学，后来晋升为教务科长、副校长，最后在喀什技工学校党委书记的岗位上退休。寥寥几行字，没有可歌可颂的辉煌业绩，将平凡书写得规规整整，一笔一画，让所有心血点点滴滴浇筑在他热爱的教育事业上。

记不得何时起，刘新林和郭晓玲、杨凡新和黄修燕、敬章龙和常凌云、张新生和张瑞琴、周宗华和我等几家人，只要逢节假日，像轮流值日一样，都要聚会。吃饭、聊天、打牌，年复一年，我们对这样的三部曲似乎永远都不会感到乏味，反而随着时光的流逝愈发的兴趣盎然，细数起来，我们走动的频率已远远高于自己家的兄弟姐妹，几家的情谊就在一家一家锅碗瓢盆的洗刷里越来越浓；在谈天说地论古道今的交流中越走越近；在打牌调侃妙趣横生的嬉闹中越处越亲。打牌，是我们最开心最持久的活动，只要一上牌桌，男女对阵楚河汉界，夫妻瞬间变成互不相让的对手，算分数、输家给赢家供牌那是寸土必争、分厘不让。打牌期间，刘新林总有说不完的笑话，荤的素的，笑得我们前仰后合，我是其中年纪最小的，总是笑得趴在桌子上，被大家公认为笑点最低的人。多年来，谁的工作遇到不顺心的事，总找他开解；谁家有了难题，他尽力伸出援手；谁家夫妻闹了矛盾，有点磕磕绊绊，也是他调和，大道理说话小道理分析，时不时来点幽默的腔调，让我们很快释然，破涕为笑……

我们几家持续相处了40多年，彼此互望着从青年走向中年，彼此相伴着从春夏走过秋冬。我们的情感像一条溪流，没有惊涛骇浪，只是在弯弯转转的流淌中，享受绵延不绝的美好，体验浪花飞溅的快乐。因为这种不是亲人胜似亲人的情感，刘新林的离开让几家人难以接受，不愿相信，也不忍相信，电话微信来来回回，从愕然到难过，从心塞到悲恸，整个夜晚在我们的泪水和痛心中变得悲凉而又漫长。

二

记得有一个女孩子说找对象的条件是：脸要长得像演员，身材要像运动员，派头要像指挥员。我曾笑她痴人说梦。但此刻，当他像一颗流星滑落时，从同学和朋友的追忆中，我瞬间觉得他就像女孩所说那样的人。同学们公认他外貌长得像演员王心刚，学习成绩优异，篮球场上矫健的身影，乒乓球台前潇洒的扣杀，谈天说地的风趣幽默，又是班长，几乎将完美的形象集于一身。

杨凡新、黄修燕和刘新林首次相遇的故事在我们朋友圈是必不可少的现实版幽默，是反反复复讲了无数次，但依然还爱讲爱听的故事。那是1978年10月，在喀什四十一团招待所，刘新林和他们相遇，热情地说专门送他们到师范学校。到校后，杨凡新客气地说：我们到了，谢谢你送我们，你不用下车了。只见他浅笑盈盈：我也留下来和你们一起上学吧！被他蒙了一路的两个同学才恍然大悟。两年的同窗生涯，刘新林和杨凡新不仅同桌，宿舍里还是上下铺，刘新林还是黄修燕和杨凡新的牵线人："杨凡新让你到我们宿舍去吃面条，你不去，他也吃不下。"这一碗面条自然也成为我们经常打趣他们的佐料。

我和周宗华的见面也是刘新林搭的桥。我当时在喀什财校临近毕业，他是学校数学老师。一天我同学给我说："刘新林老师让你去他宿舍取一封信。"当时他并不给我们代课，我一头雾水地来到他的宿舍，一进门，看见桌子的两边，右边坐着刘新林，一脸浅笑盈盈："是他找你。"左边坐着周宗华，一脸紧张严肃，开口就问："你还认识我吗？"晚上，刘新林骑车从疏勒县接回女朋友郭晓玲。晓玲也是财校财政班的，碰巧我们入校那天就认识，真是缘分呐……我与周宗华结婚时，刘新林出任伴郎。后来，我们每次从疏附县去喀什都住在他们家，我们一起聊师范学校和财校的种种逸闻趣事，三观相同，很是投机。再后来随着刘新林和周宗华都担任了单位领导，两人的话题就更多了，国际国内、政治经济、宗教哲学、历史文化、家庭教育等等，相互影响，彼此互鉴，共同提高。

他走得太仓促了。不仅让相濡以沫40多年的妻子痛不欲生，也让我们割舍不下。因为他是一个很正直、很善良的人，跟他打交道觉得踏实可靠；他是个很有料，也很有趣的人，跟他在一起，你不会觉得寂寞；他还是一个在别人有难的时候愿意出面帮忙，而且有能力帮忙的人。因而，老师喜欢，同学们喜欢，朋友喜欢，朋友家的老人也喜欢，甚至朋友家的孩子都喜欢。

三

退休后，我们定居广东惠州（后来同学操鼎新和韩黎苁夫妇也来到惠州定居）。其他几家分别在北京、四川、新疆定居，我们的团聚反而没有在岗时那么容易了，但只要有机会还是要想办法见面，更加珍惜相聚的时光，每天大家都会在"我们一起走过的那些年"的群里互动。

刘新林很爱读书，退休后依然手不释卷，除了去陕西老家照顾年迈的父母，就是在家大量读书，一套几十本《易中天中华史》、余秋雨散文系列丛书他读过后还推荐给我们，郭晓玲说："你这满腹学问不能白白浪费，要好好用来教导孙子。"他嬉笑着说："那是当然的！"可是，谁承想，孙子还不会走路，他却撒手人寰，将一肚子故事也遗憾地一并带走了。

刘新林身体不适、莫名消瘦到寻医问药、治疗调养的十个月间，从彭州到成都，从广州到深圳，虽几经辗转，但最终查明了病因，对症下药；有一个月，他们在惠州调养，周宗华和操鼎新夫妇每天陪刘新林打牌、下棋、聊天，韩黎苣虽说和刘新林夫妇不熟悉，但是她经常精心制作营养可口的饭菜，邀请他们聚餐，在深圳举办的告别仪式上，我们四人去送了最后一程，韩黎苣说："你们同学和朋友这份真挚的情谊让人感动。"

春节前，刘新林夫妇回到深圳孩子家团圆调养，定期找专家调药。连日来，郭晓玲以瘦小的肩膀扛起重任，为了方便刘新林挂号开药，她的手机上 App 都下载了 30 多个，她以特有的勤劳坚毅，不停地劳碌奔波，无微不至的照料陪护，眼看着各项指标持续向好，精神状态也越来越好，谁知道天妒英才，他突然间发热，引发肺部感染，抢救无效，不仅打得家人措手不及，也完全出乎医生所料……

在刘新林的电脑里，还留存着他 2020 年 1 月写好的同学聚会方案。根据 2017 年昆明旅游聚会时大多数同学的提议，他们准备在 2020 年 11 月组织毕业 40 周年大湾区聚会旅游活动。整个方案从组委会成员到责任分工、从费用筹集使用到旅游线路得规划，从计划时间到安全责任书，整整 2000 多字，每一项考虑规划得细致又全面。他在祝酒词中深情地写道：在我们心中，深藏着一段记忆，它让我们感动，让我们怀念。40年前的那段岁月承载了我们的青春憧憬，成长困惑、朦胧爱恋。40年韶华匆匆，花开花落，40年间，我们每个同学所走的路不尽相同，或春风得意，或平平淡淡，或艰辛坎坷，但是，无论人生如何沉浮，我们都没有忘记曾经一起度过的青春年华。来吧，让我们共同举杯，来这里温习曾经的青涩，感受现在的温馨，展望明天的浪漫……字字充满对聚会的期待和对同学的祝福，因为疫情原因，这场聚会一推再推，没能如愿，成为全班同学的最大遗憾。

他不是明星，也不是知名的公众人物，但是，只要和他有工作、生活交集的人，都会被他潇洒英俊的外表、稳重儒雅的气质、睿智幽默的谈吐和真诚磊落的品格所打动。

他走了，带走了妻儿的无限眷恋，

他走了，带走了朋友的无限牵挂，

他走了，带走了同学的无限思念。

清风吹过，草木颔首，人虽离去，情谊永存……

半瓶酒和一斤肉

又要过新年了，我问已经 96 岁高龄的老父亲：过年置办些什么年货呀？老人家不假思索地脱口就说：没什么好置办的，只要愿意，我们天天都在过年。

我知道，这是他的肺腑之言。表达了现今因物质生活丰富，想吃什么就有什么，想用什么都可以买到的富足感。我内心洋溢着幸福感的同时，突然间想起几十年前，爸爸为家里置办年货的一件事。

那是 70 年代中期，我家住在新疆生产建设兵团农三师四十二团八连，住的房屋矮小昏暗，吃的以玉米面和高粱面为主，偶尔吃一次白面馍就很开心了，大米饭更是奢侈品。记得一次过年前，父母所在连队通知爸爸去领年货，在当时粮食用粮票、扯布要布票、买糖用糖票、买肉要肉票、清油也是定量供应，能在年关有年货真是天大的好事，年货包含糖果、猪肉、烟酒等当时十分稀缺的日用物资。爸爸当时是连队技术员，除了分到一些高粱饴和水果糖外，按级别分到了半瓶高粱酒和一斤猪肉，可是爸爸有一点小小的不开心。

不开心的原因有二：一是爸爸不爱喝酒，认为要这半瓶酒没有多大意义，不如多给一斤肉，可是配额管理没有办法改变，能分到年货已经是特殊待遇了，哪里还有挑拣的份儿；二是给爸爸分的猪肉是一块瘦肉，这要放在现在那是求之不得的，可是在那个年代，能分到肥肉才是幸运，因为在肚子里缺油水的年代，肥肉吃着才又香又解馋。除夕夜，全家吃了顿白菜猪肉馅的饺子，爸爸破天荒喝了2杯酒，脸上微微泛红，他说"饺子就酒，越喝越有"，希望未来的日子要啥有啥。

时间一晃而过，爸爸当年的期盼如今都实现了，甚至比想象的还要好得多。1978年十一届三中全会后，过年的肉、白面等物资紧张程度得到缓解；到80年代，除了粮油供应按定量，其他物资基本不用凭票购买了；1992年，邓小平同志一场"南方讲话"，引得"东方风来满眼春"，一时间，春天的故事在南国唱响，市场经济的春潮，一泻千里，在大江南北翻卷涌动，家里的年货像浪花飞溅，一年一个样，不仅仅是日常用品，各类副食品也逐渐丰盛了起来，大白兔奶糖、核桃酥饼干、炼乳、虾片、午餐肉都为过年餐桌增添了花色，还可以从属地糖烟酒公司买到少许如"红雪莲""红塔山""西凤酒"等名牌烟酒，更是在年味里张扬了喜气……变化的不仅是老百姓家里种类繁多的年货，就是年夜饭都不用在家忙活半天了，大小饭店都很应时应景地推出各种规格的年夜饭，菜式也是充满各种美意：阖家欢乐、吉星高照、红运当头、四喜盈门……已经无法一一细数了。

过年是老百姓生活的晴雨表，年货的变化，真实映衬着时代的变迁，彰显着一个民族的沧桑巨变。如今，乡村振兴的脚步，踏在广袤的土地上，乡村振兴的甘泉，流淌在希望的田野里。生态优先、绿色崛起，一乡一景、一镇一韵、一村一品，大鱼大肉早都不是过年的稀罕品了，绿色生态的乡野风味才是上好的佳肴。从半瓶酒和一斤肉过年，到今日满桌丰盛的年饭和花花绿绿的各色年货，面对一天天好起来的日子，爸爸脸上的笑容像怒放的菊花一样美丽。

家风是沃土

女儿女婿获得了公安部直属机关最美家庭的荣誉，消息传来，像春风荡漾，小两口倍感鼓舞，我们也满心欢喜。朋友说："你们的孩子很争气呀，有什么经验分享吗？"我思来想去，荣誉里面，饱含着组织的培养，集结着孩子们自身的奋斗进取，而作为家长，我们给予的就是传承好的家风。

提起优良的家风，可学可仿的事例很多：北宋的司马光，小时候砸缸的故事，流传广泛，老幼皆知，反映了司马光从小天资聪颖，行事有范。后来他不仅官至宰相，参与治国理政，在学术上也有很大建树，主持编写了编年体史书《资治通鉴》，我家还收藏有一套柏杨古典今译的白话文版本。司马光虽官高权重，但教子严格，尤其注重培养子女自强自律意识，他写的《训俭示康》里，表明自己"众人皆以奢靡为荣，吾心独以俭素为美"的价值追求，他总结了历史上许多达官显贵家的纨绔子弟败家没落的教训，告诫其子"有德者皆由俭来也"；"俭以立名，侈以自败"。由于教子有方，司马光之子，个个谦恭有礼，不仗父势，勤俭自持，人生有成。

"做官不许发财"是吉鸿昌父亲吉筠亭病重对儿子的嘱咐，父亲病逝后，吉鸿昌把这六字写在瓷碗上，要陶瓷厂成批烧制，分发给所有官兵，在分发瓷碗大会上说："我吉鸿昌虽为长官，但决不欺压民众，掠取民财，我要牢记父亲教诲，做官不为发财，为天下穷人办好事，请诸位兄弟监督！"吉鸿昌言出必行，一身正气，清正廉洁，处处为民，他坚决反对蒋介石的投降政策，奋起抗日，遭国民党反动派杀害，牺牲时年仅39岁。

"海纳百川，有容乃大；壁立千仞，无欲则刚"是林则徐任两广总督时在总督府衙题书的堂联。浩然之气跃然在每一个字里，无欲情怀一直昭示着今人。还有"孟母三迁""岳母刺字"等故事，都体现了家风的重要性。

要说家风，千千万万个普通家庭都一样，离不开三件事：学习、工作和生活。每个人都有自己的家庭，各家会有所不同，即使雷同，在具体的表现形式上也是千差万别。

我们夫妇都是党员，在教育孩子方面我们共同秉承言教与身教并举、身教重于言教的原则，体现在对孩子读书学习的要求；对名利的价值引导；对处世为人底线的规定；对得与失的认知等。我们夫妻长期坚持读书学习，从不懈怠，退休之后依然如此，使孩子也养成了阅读的好习惯，随着知识的沉淀和积累，孩子的工作质量和效率也得到提升；在工作中，我们始终秉承讲团结、顾大局、守规矩的原则，对待任何一项工作，遵循全力以赴，从不敷衍应付，也潜移默化地影响着孩子。女婿因工作性质决定，加班加点是常态，女儿从不抱怨，不仅给予理解和支持，而且自己也以不服输的姿态，勤学笃行，和丈夫比翼齐飞。在日常生活和处事为人方面，我们坚守尽孝道，知感恩，明是非，不逾矩，也带动和影响着孩子的成长、成熟和进步。

都说"女孩要富养，男孩要穷养"，而我认为，不论男孩女孩，是富养还是穷养，要根据家庭条件来确定。如果家庭条件很一般或者不好，女孩也未必要富养，关键是教养。女儿从小我就不断灌输给她三点要求：一是你可以不漂亮，但一定要善良，美由善心来，心似莲花开；二是你可以不聪明，但是一定要努力，别人的东西再好都不是自己的，自己靠正当努力挣来的东西才是最好的；三是女孩要像打扮自己外表一样，打扮自己的内心世界，生活才会更有意义。这几点，女儿都能恪守，平日里与人为善，爱惜小动物，孝敬老人，资助孤残，哪怕遇到了困惑和委屈，或者看到社会的阴暗面，都没有动摇善良、感恩、守正、奋进的价值取向。

孩子的父亲也曾经在执法机关担任一把手近十年，他深知手中权力的分量，更明白廉洁用权的重要，多年以来，从未有过吃拿卡要、以权谋私的行为，也从不为难任何一家企业。他对下属也是严格要求，不论关系远近，都一视同仁，在依法合规前提下，提供高效便捷的服务，对下属在执法中利用职权刁难工作对象收取好处的行为，从不姑息。在一次无记名的行风调查中，他单位所管辖的几百家企业对他正直廉洁的人品给予了很高的评价。女儿大学毕业后参加国考，进入公务员队伍，和爸爸一个系统，但是，她不会因为自己的身份搞特殊、求照顾，相反，父亲总是不厌其烦地唠叨：任务面前要能担当，荣誉面前要会让步，尤其在廉洁自律上对孩子更是再三嘱托。女儿成家后，父亲专门召集家庭会议，提出了六条要求，其中一条就是教育小两口筑牢廉洁自律的防火墙，守护好底线，抵得住诱惑。工作近十年，孩子们从不接受工作对象的宴请、礼品，不参与酗酒打牌赌博等不健康的生活行为，一直清清白白做人，踏踏实实做事，多次立功受奖。

从心理学角度而言，原生态家庭对孩子的性格养成至关重要，甚至是终身的；从家庭教育的层面而言，家风是家长烙印在孩子身上的精神胎记，有什么样的家风，就有什么样的精神状态和价值追求。好家风是无言的力量，无字的书籍，是孩子健康生长的一方沃土。

想回故乡去采风

西北人看到大海的震撼和南方人看到沙漠一样。

此刻，站在惠东双月湾的沙滩上，蓝得透亮的天空下，是望不到边的海水，的确有天高海阔的震撼。当脚丫子与沙滩无数次触碰，熟悉得像是踩在了喀什岳普湖达瓦昆沙漠公园松软的沙子上。

感觉自己太幸运了。在西北边陲的古城喀什留下过往的光阴，又将在岭南鹅城惠州交付未来的岁月。我站在彼此同样美丽又完全陌生的两座城之间，左顾右盼，喜欢东南风的温润调皮，留恋西北风的洒脱不羁；眼睛望着四处绽放的姹紫嫣红，心里又闪现出苍茫雄浑的戈壁雪山；吃着清甜滑嫩的客家婆山水豆腐花，禁不住产生对喀什酸辣凉粉的渴望。每次这样的体验袭来，让自己时不时有失真的疑虑，紧接着幸福感就像眼睛里盛满的琼浆，在内心荡漾了。

掐指算来，离开故乡整 8 年了。2018 年以后，再也没有回去过。随着记忆的远去，喀什，就像一个生活了几十年的伴侣，点点滴滴都随着岁月的流逝变得平淡无奇，很多难忘的记忆也渐行渐远，但是当触碰到某个节点时，依然会有心悸的感觉，它早已经成为自己身心里的基因，汩汩流淌在循环往复的血液里，要想在内心淡忘时，情感反而愈发浓烈，挥之不去了。

记得年前接待珠海国资委的客人，当有领导问起党支部的工作，我简单做了回答，一位姓谢的女性财务总监马上问我："您是新疆来的吧？"让所有在场的人惊讶。"您怎么知道？""她说话带有明显的新疆尾音呀。"原来她也是"疆二代"，虽然在外地工作多年，但依然能听出新疆普通话的味道，这种熟悉的乡音，会让任何一个素昧平生的新疆人，在任何一个地域相见，如同见到亲戚一般。

前不久，我写的一篇散文《喀什，永远的故乡》，通过《怡声》朗诵平台推送，产生了不小的反响，阅读量近八千，创出该平台的最高值。主编是一个东北大姐，她说："你这篇文章之所以受读者喜欢，是因为它让新疆尤其是喀什的人产生共鸣，有天然的亲切感，也让广东和其他地方的人对新疆喀什充满向往。"更没有想到的是，好几位几十年前未曾联系的老领导和同事，因为读到这篇文章，通过熟人找熟人，和我取得了联系，电话里除了问候和鼓励，都是满满的回忆。

这样的褒奖，让我的思绪再次飞越千山万水，激发了我还要继续写写喀什的冲动。但是几次提起笔来，竟然有一种无从下笔的尴尬，千言万语不知从何说起，一切是那么的清晰，一切又是那么的模糊，饱满的激情和干瘪的文字形成反差，着实令我汗颜。终于体会到什么叫熟悉的地方无风景了。

我深知，喀什虽然在经济发展、科技创新上和广东惠州没有可比性；也深知在教育、医疗等社会保障条件方面无法与惠州相提并论；在工作、生活环境的优越性上也存在一定差距，正是因为如此，一代又一代边疆建设者们的坚守才愈加难能可贵。想起他们，内心总会涌动着由衷的敬佩。

　　还有那淳朴勤劳的维吾尔族老乡。生产民间手工艺品的"职人街"上，那个见过无数次的白胡子老人，是否还带着老花镜在制作手工金银首饰；壮实的黑脸大哥是不是正提溜着那把发亮的榔头，用金色、银色的铁皮在木箱上"叮叮当当"敲打着各种花色，精心为哪位即将出嫁的维吾尔族姑娘定做嫁妆箱；那个流着鼻涕的小巴郎（维吾尔语男孩子）是否还站在高台民居的巷口向来宾问好；和我一个办公室的工会干部迪丽拜尔，是否还经常带着天南地北的客人，去花花绿绿充满东南亚异国情调的"巴扎"（维吾尔语集市）上，帮着客人和商家讨价还价；在香妃园里载歌载舞的姑娘小伙是否又有了许多新面孔；还有璀璨的东湖夜景、我原来的工作单位农行喀什分行大楼边具有标志性特征的摩天轮……

　　该回喀什看看了。既要访亲会友，更要实地采风，去走过无数次的街巷散步；去看了无数次的景点瞅瞅；和那些熟悉又陌生的街坊邻居唠唠家常；还要去以前脚步没有到达的地方转转；感受重回故里的激动，寻找久违了的青春记忆，现场体验喀什的变迁，重温故乡的美好，那将是何等的惬意，何等的欢欣鼓舞呀！当然，还要及时把眼里看到的、耳朵听到的、心灵感受到的所有，都化成文字，留作永恒的纪念。

　　前几天，几位小姐妹发来视频和图片：有熟悉的朋友在广场跳新疆自由舞的；有农三师草湖镇人工湖美景的，蜿蜒的木栈道，粉红和碧绿交相辉映的荷花塘；当然还有用来馋我的瓜果美食，并留言："你的家乡变化很大。"我快速回复："秋天回家，备好伊力老窖和红石榴酒，我们不醉不归！"

第二辑　此心安处

我是新惠州

每每有人问起我的籍贯，回答起来很长串：爸爸是甘肃人，妈妈是湖南人，我生在新疆、长在新疆，按照我们这一辈同龄人说法叫"疆二代"，现在定居广东惠州。

古城喀什，西部边陲，关联词是胡杨、大漠、香妃墓。

鹅城惠州，南粤重镇，关联词是荔枝、西湖、罗浮山。

"疆二代"们祖籍五花八门，几乎遍及全国各省，我们有个共同的特点：原有祖籍的烙印很浅，不懂祖籍的风俗；很少有人会祖籍的方言；虽然父母来自天南海北，"疆二代"的最爱除了拉条子、烤包子、油塔子，还有馕饼、烤肉、抓饭；交流基本上是清一色的西北普通话。

惠州人的籍贯也是五湖四海，据说当地人口比例不超过30%，大街小巷，天南地北的语言，全国各地的饮食，风格不同的服饰，彰显着这座城市的开放和包容，我和十几家同学朋友来惠州定居，不仅是因为这座城市如诗如画的秀美山水，更有它交付给我们的温暖的情调。

我来惠州定居，和惠州市明星企业家——胜宏科技董事长陈涛有关。他 20 多年前在新疆当兵时就是我们家的常客，后来他到南方打拼，凭借睿智的头脑、超前的眼光、刻苦的学习、顽强的拼搏创业成功。他不仅是一个想干事、能干事、干成事的优秀企业家，更是一位重情厚义有家国情怀的好兄弟。新疆、甘肃老家来的朋友、战友都是他热心接待。2012 年，胜宏科技准备上市，需要整理一部分文字材料，陈董请我来公司帮忙，一进惠州市，我就被深深地吸引，半城山色半城湖名不虚传，发自内心地爱上了这座城市，毫不犹豫决定在这里买房养老。根据我以往的工作经历，陈董邀请我加入胜宏科技做行政总监。在胜宏工作六年，我不仅结交了几个知心闺蜜，还和公司诸多员工成为朋友，和大家一起，共同拼搏奋斗，共同爬坡过坎，共同经历企业改革日新月异的变化，共同见证和分享创新发展的成果。老公也提前 4 年退休来了惠州，不到半年，很快在小区就有了下棋、打球、吹拉弹唱的新朋友，今天这个约，明天那个请，当然还有每天给我当好后勤部长，忙得不亦乐乎，退休后的生活质量堪称一流。女儿小两口是公务员，朝九晚五，早有了自己的生活圈。

我们一家来惠州没有生疏感，因为不论走到哪里，都没有任何排外的倾向，深切感受到"老客家，新客家，到了惠州就是一家"的和谐温暖。有同学朋友问，惠州如何呀？我们会说，好不好看看她头顶的桂冠——全国文明城市、全国最具幸福感城市、全国最宜居城市、全国最具特色文化竞争力城市、优秀旅游城市等，好不好自己来看看吧！几年间，十多家亲朋好友只要踏上惠州热土，无一例外地都被它迷住，很快买房定居，最快的属一对退休的高级教师夫妇，头一天下午到惠州，第二天晚上我们就举杯祝贺他们买到了可心的房子。我惠州的闺蜜调侃我说："都是你把惠州房价炒高了。"

几十年的生活习惯，也让我们总是和新疆有着千丝万缕联系。最心心念念放不下的就是想新疆的美食和水果。好在朋友会时不时地寄来红枣、核桃、杏干、葡萄干、馕饼、羊肉等新疆特产，我们也会给新疆朋友寄去茶叶、海货、点心等广东特产，突然觉得，自己还有存在的另一份价值，将惠州和喀什之间的距离拉近了。

我的老父亲今年 95 岁高龄，由于儿女、孙女都在惠州工作生活，我们多次做思想工作，老人家非常明理地选择来惠州和我们团聚。老人年事已高，不能坐飞机，只好坐了三天两夜的火车抵达惠州。试想，一个地地道道的西北人，在 90 多岁高龄选择离开熟悉的故土来到南方，需要多么大的勇气和魄力呀！

如今，老人家到惠州也快 2 年了。"爸爸，惠州好吗？" 老人会很利索地说："当然好啊，一是风景好，一年四季花红柳绿；二是空气好，没有雾霾和沙尘；三是水质好，清清甜甜没有水垢；四是人好，走到哪里都能找到说话的朋友。"

2019 年 9 月 22 日，父亲工作的单位——新疆生产建设兵团农三师党委慰问组来到惠州。在惠州的家里，父亲光荣地戴上了中共中央、国务院、中央军委颁发的"庆祝中华人民共和国成立 70 周年纪念章"，老人家热泪盈眶："我离开新疆这么远，你们还找到我了，感恩习主席，感恩共产党，感恩农三师党委，愿伟大祖国繁荣昌盛！"老人思路清晰，表达流畅。连着好几天，他戴着纪念章在小区内和周边散步，那份自豪洋溢在眉头，欢喜在心头。

更让老人家没有想到的是，2020 年 1 月 14 日，惠州市惠城区退役军人事务局领导到家里亲切看望慰问了老父亲，还发放了慰问品，老人开心得轮番给子女打电话，详细说明谁来了、几个人、说的什么、慰问品都有啥等等，生怕漏掉一个细节，还要说："惠州的领导怎么知道我呀？"我们回答："您老是退伍军人，都有备案，您户口转迁到惠州，现在是新惠州人啦！"老人家说："对，我现在是惠州人了。"

有人会偶尔问："新疆好还是惠州好？"我说："都好！"新疆是

生我养我的地方，那种刻入骨髓的情感永远难忘，让我魂牵梦绕；惠州是我后半生栖息之地，那种渗透血液的脉脉温情让我每天都神清气爽，笃定从容。

我是"疆二代"，我是新惠州。

芳菲时节

　　北方和南方的季节完全不同，从新疆西部古城喀什来广东惠州定居的我，对此深有感悟。在新疆，春天的暖和，夏天的干热，秋天的凉爽，冬天的寒冷，每一个季节都泾渭分明。南方则不同，夏天很潮热，春秋天满大街都能见到直接穿短袖夏装的，冬天不怎么冷，因为不用供暖，室外的温度会高于室内，从十月到第二年四月，一年有七个月气候不冷不热，湿润宜人。

　　用最美人间四月天来形容南方的春季是最合适不过了，本就一年四季花红草绿的景色，在春风的吹拂下，在春雨的洗礼中，像是水里浸染一般的更加郁郁葱葱起来，最抢眼的是火红的木棉，最温馨的是粉红的夹竹桃；最暖心的是黄花风铃木；最优雅的是纯净的白玉兰……还有那随处可见的黄金叶，不急不火的常年泛绿；红色、白色、紫色的簕杜鹃总是热烈地从头一年的十月开到来年的夏天，稳稳当当地在春天里绽放一簇簇绚丽，直逼你的眼睛。南方的花草果木，花色多得让人数不清，品种多得让人有目不暇接的晕眩，我不禁感叹大自然造物的神奇多彩，甚至每每有对植物认知方面的自惭形秽，只能默默念着"罗浮山下四时春，卢橘杨梅次第新"的经典诗句，去体验和苏东坡先生一样"不辞长作岭南人"的欢喜和骄傲。

许是大西北地广人稀、冬季太过苍茫荒凉的缘故，和南方的广东比，新疆喀什春天的脚步来得迟缓，因为迟缓而愈显得珍贵，因为珍贵愈能舒展出芳菲的意境。柳絮在阳光的切割下自由飘洒，偶尔亲吻一下你的脸庞，麻酥酥的让你从心里翻腾出一种感觉：春天来了；白杨树在沉寂了一个冬天之后，开始冒出密匝匝的苞芽，一天一个样，从针尖一点大到滋生出嫩绿的小树叶，要不了多久，就骄傲地在风中哗啦啦吟唱：春天来了；骆驼刺在茫茫戈壁上探出了小脑袋，那散落在旷野的星星点点的绿色，让沉寂了一冬的大地突然有了灵气，仿佛在说：我醒了，春天来了；最明显的是你到田间地头，冰冻了的田野好像一夜间舒展了身板，让你能感受到它在缓缓苏醒、在慢慢蠕动，先是腼腆地试着和春天打招呼，接着就开始恣意挥洒属于西北人特有的豪气了，桃花红得烂漫，梨花白得耀眼，沙枣花香得醉人。如果有机会去喀什塔什库尔干县大同乡的杏花村转转，在参天古树下，看服装艳丽、白皮肤、大眼睛、高鼻梁、长辫子的塔吉克姑娘，坐在婆娑花影下，赏花刺绣，这个春天将靓丽得让人忘乎所以。当然，还有最常见的是果园里、水渠边、菜地旁大面积的蒲公英，成为我们春季踏青的一大去处，一边观赏，一边采摘，回到家里，择洗干净，用开水焯一遍，用油泼辣椒面、醋、芝麻油和蒜泥调成汁，就是一道凉拌菜，吃起来清香中一缕微苦，是清热解毒的最佳食品。最明显的是被厚重的冬衣裹挟得笨拙的人们，一下子都变得轻快而生机勃勃，似乎褪去的不只是厚厚的衣物，还甩掉了积攒了一冬的包袱，那种不负春光的精气神洋溢在脸上，仿佛一切的美好在这一时刻开启。

每次春暖花开，伴着布谷鸟的声声呼唤，到处呈现出一派春耕繁忙的景象，这时我就会吟诵一遍爸爸从小教给我的歌谣：一九二九冰上走，三九四九冻死狗，五九六九抬头看柳，七九河开，八九燕来，九九加一九，黄牛遍地走。

南国也好，西北也罢，景虽有别，韵味一致。不论是"日出江花红胜火，春来江水绿如蓝"的艳丽春色，还是"碧玉妆成一树高，万条垂下绿丝绦"的曼妙春光，不论是"胜日寻芳泗水滨，无边光景一时新"的春景，还是"好雨知时节，当春乃发生"的春雨，都映衬出春天是一年中最芳菲的时节。

这芳菲，渲染着遍地的花香；

这芳菲，凝结着所有的美好；

这芳菲，萌动着一年的期盼；

这芳菲，升腾着生活的热望。

她也在向世人昭示：谁抓住了芳菲时节，谁就能拥有人生的芳菲。

旧梦重拾

2021 年 1 月 16 日，一个普通而又值得纪念的日子。

惠州市作家协会 1 号文件公布了 2020 年新会员名单，我是 29 名新会员之一。对早已过知天命之年的我来说，欣喜之余，有一种旧梦重拾的恍惚。

一

记得刚上初一时，我的班主任、语文老师钱立让大家谈谈"我的理想"，我说想当老师，感觉站在三尺讲台上的老师什么都懂，什么都会，尤其板书漂亮的老师在黑板上写字时还有一份别样的洒脱，让人敬仰。为此，语文成绩很好的我更加得到钱老师的喜爱。钱老师是上海支边青年，个子不高，瓜子脸，双目炯炯，腰板笔直，能歌善舞，性格开朗，讲起课来总是神采奕奕，课堂上不仅口才一流，字也写得很漂亮。受她的影响，我们那个班女孩子的钢笔字个个写得很好，同学们又公认我的钢笔字尤其像钱老师。

初中毕业，一心想早点工作的我报考了中专，我第一志愿填报的是师范学校，可是被我哥哥改成了财贸学校外贸会计专业，想起爸爸做会计时边打算盘边记账的样子，感觉也不错，改了就改了吧。三年学习，轻松自在，成绩还能名列前茅。空余时间看见几名爱好文学的同学不仅在读唐诗宋词，而且还时不时写几首供我们欣赏，我一时间也来了兴趣，鹦鹉学舌般跟着他们吟风弄月。

工作后才发现，我对那些阿拉伯数字提不起一点兴趣，反而对文字的热爱与日俱增。19岁那年，张海迪的事迹传遍大江南北，我有感而发，写了首《轮椅在转动》的散文诗，居然被我所在地区党报发表，也因此被单位领导发现，从会计改行做了秘书。两年后，调到县委宣传部做宣传理论干事，开始近距离接触新闻报道、通讯稿的写作，自此与文字结下了深厚的缘分，也先后在地方党报党刊发表数十篇新闻报道。此间，我参加了新疆大学汉语言文学专业高等教育自学考试，自己系统学习了现代汉语、古代汉语、文学概论、现代文学作品选等10多门课程，通过近三年边工作边学习，成为我所在县城第一批仅有的几名获得自学考试大专文凭的学员之一，还取得了哲学成绩全地区第三、文学概论全地区第一的好成绩。后来，因工作需要，我先后调到县妇联、地委组织部和地区农业银行工作，单位不同，但我所从事的工作内容都与写作有关：计划总结、调研报告、典型事迹、领导发言稿等等，一年几十万字的写稿量，有时候很累，但是有累过以后的欣喜，有时候也觉得爬格子很苦，但是有苦中一缕清香的满足，常言说"日久生情"，我对文字的情感也应验了这个说法。

早些年，就有朋友同事鼓励我加入作协，一方面因为政论和公文写多了，感觉自己对文学的灵感渐渐退化了；一方面行政工作的琐碎烦杂，事务性过多，总也静不下心来，只是闲暇之余，偶尔写写日记抒怀，也有感而发写过几篇零星的短文和诗歌，但始终没有产出像样的文学作品。其实，现在想来，客观原因林林总总，主观原因还是自己对作家梦的追寻不坚定，行动不彻底，每每想起，就如夜空中划过的流星，很亮，但会刹那间消失。

二

如果没有来到广东惠州，如果没有进入胜宏科技，如果没有结识惠州作家协会秘书长邓仕勇先生，我的作家梦也许就只是一辈子的梦了。

2012 年秋，我从银行内退，受朋友陈涛董事长的邀请来到惠州，帮助整理胜宏科技准备上市的部分文字材料。完成任务之余，免不了四处走走看看，西湖、罗浮山、南昆山自不必说，单是矗立在东江大桥边的那块"全国文明城市"的广告牌，很是耀眼夺目，我一下子就喜欢上了这座并不出名但极具魅力的城市，决定在此定居养老。2014 年我的家从新疆横穿半个中国，迁入惠州，在成为一名新惠州的同时，承蒙陈董的信任，我加入胜宏科技做行政管理和企业文化工作，开启了与以往完全不同的人生新篇。虽然有体制内和体制外的机制体制差别，虽然有央企和民企的不同运作模式，但是工作性质还是和我以前的老本行有着千丝万缕的联系，还是和文字有着割舍不了的情缘。

2019 年秋天，我和胜宏科技多层板事业部总经理周定忠聊起写材料的事，他突然说了一句："大姐，您文笔这么好，为什么不加入作协？"我当时心里扑腾了一下，问他为什么有这个想法？他说："一来你爱好写作，也有一定基础，二来说起胜宏科技的行政总监是作协会员，我们也很光彩呀。"也许是机缘巧合，没过几天，受惠州市退役军人事务局的委托，惠州市作协秘书长邓仕勇先生和女作家周小娅老师来到胜宏科技，专程采访军人出身的陈涛董事长，在介绍陈董创新创业的先进事迹时，秘书长很敏感地问我："听您介绍情况，感觉您口头表达能力清晰流畅，文字功底应该不错。"我就把自己的作家梦袒露出来，说："现在这个年纪再去追作家梦是不是晚了点？"秘书长说："一点都不晚呀，既然自己很早就有爱好，为什么不去实现自己的梦想？这也应该是晚年生活非常好的精神寄托。"小娅老师也讲述了她的作家经历。临别，秘书长和小娅老师分别向我赠送了他们的作品《别向命运屈服》和《梅子黄时》，同时也留下了他们对我满满的鼓励。

《别向命运屈服》是邓仕勇秘书长写的一篇讲述残疾人罗文苟身残志坚、磨砺成长的报告文学，将一个普通人物的悲欢离合融入时代的大格局中，文字质朴内敛，故事感人至深，催人奋进。我问自己：一个高度残疾的人都可以通过奋斗追梦逐浪，我还有什么理由让自己的梦想束之高阁？

《梅子黄时》是小娅老师的散文集，不论是叙事抒情，还是写景抒怀，小娅老师的情感细腻，文字清丽，小到一叶一花，大到一山一湖，处处体现她对惠州这方热土的喜爱。我在字里行间读到了她面对重病缠身的坚韧不屈，面对挫折后对文学的执着坚守。我问自己：同为女性，可有她一半的勤勉？可有她一半的勇气？

想起褚时健在经历大起大落的人生跌宕后，以 74 岁高龄去创业，在荒山上种植冰糖橙，十年磨一剑，将最适合亚洲人口味的橙子送到了北京，褚时健因此获得"橙王"美誉，他种植的橙子被称作"励志橙"。我问自己：74 岁尚可创业，50 多岁开始追梦也叫晚吗？

想起我第一篇发表的散文诗讴歌的张海迪……

越想越惭愧，于是，决定心动不如行动。

三

2020年1月，一场突如其来的新冠肺炎疫情席卷全球，每天听到、看到的抗疫事迹，让我内心久久不能平静：一个全民闭户的长假/一仗草木皆兵的鏖战/一场人性灵魂的大洗礼/一次国家力量的大考验……我抑制不住内心的激动和感动，开始抗疫诗歌创作。白衣天使一队队披挂迎战/救援物资一批批集结武汉/视听里滚动着一个个暖心的故事/网络上翻卷着一段段泪崩的瞬间……我写下了《春天的答卷》，先后在惠州作家网、《惠州日报》和《东江文学》刊发。

万事开头难。有了良好的开端，就有了一路前行、义无反顾的力量。无论多忙多累，我都开始细心留意身边点点滴滴的人和事，开始寻找往昔桩桩件件的印记，或者午休时间，或者夜阑人静之时，或者节假日闲暇时光，我和诗书相约，与大师交流；我和文字结伴，同心灵对话，有点空就写，过去眼里的普通风景似乎都变得绚丽多彩；以往身边的凡人小事也变得可圈可点，感觉就像上了发条的时钟，每时每天催促我写吧、写吧。于是我的业余时间因为文字变得更加充盈，我的内心世界因为文字变得更加丰沛。我一鼓作气写下了《女人中年　当享"三然"》《清风细语总相宜》《我是新惠州》《纸质书背后的岁月静好》《秋长游记》《怀念母亲》《我在胜宏，一切安好》《喀什，永远的故乡》《对联趣谈》《建筑工》《灯下的世界》等二十多篇散文诗歌，陆续在《惠州日报》和《东江文学》《大亚湾文艺》《凤凰诗社》刊出。特别是诗歌《风华百年》经市作协推荐，获得市直机关工委和文学艺术联合会举办的"初心百年耀征程"主题征文二等奖。一路走来，步履没有想象的那样蹒跚，脚步也没有预想的那样跟跄，这得益于多年和文字结下的情感，更得益于素昧平生的编辑给予的力量。

写到这里，特别感谢《惠州日报》文化生活部主编祁大忠先生，他和邓仕勇秘书长性格相像，内敛而敦厚。我每次投稿，他都及时回复，给予很多鼓励，并提出中肯的修改意见，他让我在一个陌生的城市，领略了一位编辑甘为人梯、甘做绿叶的品格，让我内心温暖而踏实。

2020年12月，我郑重地向惠州市作协提交了加入作协的申请。

2021年1月，我光荣地成为惠州市作协的一员。

人生有时候很奇妙，你是否能实现梦想，似乎并不完全取决于你是否具备梦想成真的能力，而取决于你是否愿意追梦的那一念之间。

我的作家梦开始起步了。这个梦想可能在许多追梦人看来不算什么，但是对于我来说，是一个历经几十年后的旧梦重拾，是遥遥相望了很多年的知己终于深情相拥的幸福时刻。如今，我又给自己定了一个新目标：希望几年之后也能出一本散文集，我把这个想法告知了邓秘书长，再一次得到他的肯定和支持，并给我制订了一个尽快达成目标的创作计划，于是，我再次朝着梦想出发。

家人和朋友问我，到了这个时候圆作家梦图什么呢？我答，不图名不图利，只图眼里的世界能够在我的笔端驻留一星半点；只图心里的感悟有一个诉说絮叨的出口；只图在繁华喧嚣的日子有一个灵魂的安放之地；只图在字里行间享受自由徜徉的况味，让并不算晚的晚年生活变得更有意义……

旧梦重拾，让我坚信：只要人生有梦想，50岁人生才起步；让我体验到：追寻诗和远方，无关年龄，无关风月。

我在胜宏，一切安好

　　一场猝不及防的新冠肺炎疫情，在 2020 年 1 月突如其来，范围之广、传播之快、伤害之大、持续时间之长是历年来前所未有。一场全民皆兵的防控阻击战，让每一个人都不能置身事外。胜宏科技作为广东省第一批生产抗疫物资配套产品的企业，在这场大考中经受了考验，我作为胜宏科技坚守在抗疫一线的党支部书记、行政主管，在参与抗疫实践中，切身感受到中国力量、中国精神、中国效率；亲身经历和见证了胜宏科技——一家民营企业的使命责任，也目睹和践行了共产党员的无畏担当。

　　大年初三，胜宏科技的车间里已经是灯火通明、一派繁忙，3189 名春节留守员工还来不及体验疫情带来的恐慌，就已全情投入生产中。作为海康威视红外线检测仪和台达呼吸机的 PCB 供应商，随着抗疫物资的告急，订单交期也同样告急。一半的员工回乡过节未返厂，原计划陆续返厂的 3000 多名员工有的滞留原籍，有的居家隔离，一个都不能进入工厂，产能压力全部压在了留守员工的肩头。加班加点，车间一食堂—宿舍三点一线，没有丝毫闲暇。他们明白，自己每多生产一块线路板，武汉疫区防控压力就减少一分，留守员工在人手不足的情况下，争分夺秒，保证了交期，这是汗水凝结的力量，这是爱心铸就的希望。

如果说产能和交期的压力已经让公司领导神经紧绷，那么疫情防控的严峻形势，更让董事长陈涛和留守的8名主管倍觉压力山大。董事长提前结束国外休假返厂，亲临一线靠前指挥；CEO赵启祥作为淡水街道办抗疫联合党支部副书记内外协调；我作为公司党支部书记、行政总监，每天都在落实各项抗疫措施中紧张忙碌地度过：组织机构的成立、应急方案的制定；卫生健康的宣导；抗疫台账的建立；留守员工分批次就餐和定时、定点测温；公共区域定时、定点消毒；隔离员工的安置；员工心理安抚等。每一个环节都不能马虎，每一个细节都不能含糊，每一个动作都不能减少，仅仅是一张员工居家隔离表就修改完善了5次，细化到几点到楼下扔垃圾的细节都必须填写……恢复生产就意味着要有原物料的进入和成品的输出，这无疑给公司大门进出管控加大难度，车辆消毒、内外司机的交接，既要无缝对接，还要严防死守，防控措施每天都在增加新的内容，没有现成模式可复制，只能在不断更新的防疫指南下，结合企业实际，一边干、一边摸索、一边完善。

关键时刻，一名党员就是一面旗帜。公司党支部28名留守党员（党支部当时共有党员85人）积极参与到公司疫情防控工作当中。市级优秀党员、多层板事业部总经理周定忠初三开始带领3000多名留守员工一手抓生产，一手抓防疫，保障给武汉生产防疫物资的海康威视如期供货；包装课长余剑、检测课长宁萍萍、安全员刘志涛等党员，坚守一线，想方设法、身体力行，全力配合公司各项防疫措施的实施，发挥了党员先锋模范作用。

为了既确保厂内人员安全，又保证复工复产人力补充，公司在惠阳淡水镇租用7家酒店，用于隔离陆续返厂员工和2月13号开始招录的新员工，隔离期间包吃包住、发放工资，隔离期满公司提供免费核酸检测。截至5月，共安置隔离员工5007人，核酸检测6053人；免费给员工发放水果63天；每人发放抗疫津贴600元，公司累计增加抗疫成本2500万元，人民至上、生命至上的理念在胜宏科技得到实实在在的诠释。

从3月开始，一封封感谢信送达胜宏，有海康威视感谢公司及时交付产品的，多数是政府、学校、各企事业单位对胜宏积极履行社会责任的真挚感恩。针对武汉和全国各地口罩急缺的情况，陈涛董事长果断决定：快速投资2500万元，积极履行上市公司责任，紧急定制7条全自动口罩生产线，由公司旗下全资子公司胜宏科技研究院负责口罩的研发、生产、销售。3—8月份，累计向政府、学校、事业单位、社区捐赠200万个口罩；给供应商及客户提供平价口罩1000万个；此外，还捐赠给惠阳区卫生健康局防尘连体服1400套，价值9.8万元；向淡水街道办捐赠巡查服2000套，价值20万元。

公司的复工复产和抗疫工作时刻牵动着惠州市各级党政领导的心弦，市、区、街办领导先后到胜宏指导我们的疫情防控和复工复产工作。记得2月5号（初十二），有2名甘肃籍学生体温异常，被迅速送往医院，区长晚上10点多还在公司指挥，要求相关部门以最快速度为2名学生出核酸检测结果，并和公司领导一起安排同宿舍、同车间员工隔离防范事项，第二天一大早就来公司等待结果。2月6号上午11点半，当确认2名学生核酸检查结果为阴性的电话打来时，在场所有人员几乎可以用欢呼雀跃来形容了，那是极度紧张后的如释重负啊。

那段时间，虽然疫情防控工作紧张局势得到缓解，但基础的防控工作仍在持续进行，受疫情影响，有不少企业裁员或者降薪，而胜宏科技却逆势而上，上半年营业收入增长46%，员工生产、生活有条不紊地顺利进行，和2019年年底相比，公司增加就业岗位1000多个，为实现"六稳"做出了积极贡献。

回想那段时期的抗疫和复工复产历程，很庆幸能在胜宏这样一家有情怀、有担当、有大爱的民营企业工作，我们7000多员工，可以给家人、父母、孩子自豪地说一声：我在胜宏，一切安好！

鹅城秋韵

如果说一年中最动人的季节是春天，那么最动情的季节应该非秋天莫属。秋天，是一年中特殊的季节，有着一年还在延续、来年已不遥远的预示；秋季，更是许多人辛苦一年期盼收获的季节。

鹅城惠州的秋天，你感受到的依然是炎炎的炙热，而每天早上地面洒满的落叶，告知秋天到了。穿行在林立的楼宇间，感受着繁华的现代化气息；漫步在东江或者西枝江两岸，阵阵微风飘出舒心的爽意；嗅着花草树木熟透的气息，体味着"懒起画蛾眉，弄妆梳洗迟"的慵懒；骑单车绕红花湖游览健身，品读着喧嚣下隐逸的悠闲和浪漫；夜晚去西湖走一遭，身临仙境的感觉不仅和白天迥然不同，而且和其他季节比，升腾起一份从容；吃着天南地北的各色饮食，瞬间缩短了故乡和这里的距离；与朋友和朋友的朋友交流，倍觉五湖四海皆兄弟的豪气……

我家住在西枝江边，每晚都会去江堤水岸湿地公园散步。中秋一过，江堤上散步的人逐渐多起来，有的独自跑步，汗湿衣衫；有的三五成群边走边聊，谈笑风生；有的情侣携手，不急不缓，时不时低头细语呢喃；

最乐呵的是那些踩着踏板、骑着单车的小朋友，嬉嬉笑笑的冷不丁从你的身边擦过……而我最喜欢看夜景。远处：金山湖片区一栋栋楼盘，灯火璀璨，色彩绚烂，构成一幅霓虹景象，金山大桥下几排整齐的桥柱，在月光的氤氲下，显得修长挺拔；近处：江水幽幽，水波粼粼，在灯光映衬下，有着几分静谧，还透着几分调皮，偶尔驶过几艘小船，惊扰了树木丛中小鸟的美梦；江堤两侧的夹竹桃，依然散漫地开着粉色的花蕊，少了点青春朝气，多了点淡定从容；江堤上有 5 尊不锈钢材质的功夫雕像，每一个都是中国武术中的一款非常经典的招式，平添了一股英武气象。紧邻江边的两家规模较大的餐馆，弥漫出幸福的烟火气，小柴湖湘菜开张一年多了，仍然高朋满座，生意火爆；老牌客家菜馆"永安家宴"前几天盛大开业，吸引了不少食客；最不知疲倦的是江边那支"梦之队"健身操团队，随着秋天来临，队伍人数陡然扩大，她们的动作或者铿锵有力，或者舒缓柔美，十分整齐；小区门口的三个棋摊，观战的人远远多于对弈的人……秋天来了，大地从容，草木从容，人生从容，好一幅安居乐业的秋色画卷。

我突然间意识到离深圳和广州很近的惠州，为什么幸福指数很高，被列为广东乃至全国宜居城市的原因了。经济水平上，她有着深圳特区珠江潮涌的余波效应，处于全省第五的位置，不很拔尖，但是也称得上发达；生活水平上，医疗、教育、购物等除了本市的资源，还可以抬脚就到深圳和广州去获得更好更优的服务，尤其是房价比深圳、广州都低很多，来这里创业工作，压力不大，人的心态没有那么躁动不安，加之惠州集江河湖海于一体，旅游资源丰富，度假、休闲不愁没有好去处。江西、东北、湖南、湖北，包括和我一样从新疆来的人，从全国各地四面八方会聚于此，它慢慢积淀了一种特殊的味道，这种味道你读久了，能闻到大气和包容。据了解，惠州目前 604 万人口中，土生土长的本地人只占 30%。几十年来，处在客家文化、广府文化和潮汕文化的交汇地带，各种文化相互交融，兼收并蓄，形成了鹅城文化的多彩斑斓，使其更加充满魅力，成为源源不断吸引外地人口加入的特色元素之一。2021年人口普查数据显示：惠州人口10年间增加近145万人，增幅31%，高出整个广东省人口增幅10个百分点。俗话说：人往高处走，水往低处流，惠州的好就不用赘述了。

正在美好的遐想中，手机响了，原来又有几个新疆的伙伴，在朋友圈看到我们时不时晒出的惠州风光，想过来考察定居，问什么时间好？我不假思索地说，现在就来吧，正是最好的金秋季节，秋光任你沐浴，秋景任你欣赏，鹅城的秋韵会让你舍不得离开。

小黑成长记

小黑名叫周定忠。

周定忠中等个，皮肤略黑，头发又密又黑，五官棱角分明。有人说他像印度人，也有人说他像新疆维吾尔族人，但他是地地道道的湖南伢子。走起路来腰背笔直，脚步生风，说话语速超出常人，声音洪亮，气势夺人。他在一家上市民营线路板企业事业部任总经理，管理着6000多人的团队。他还是市级优秀共产党员、市十二届党代表，是为数不多的民营企业市级党代表之一。

他事业有成，家有贤妻，一双女儿，可谓春风得意，走近他，才能嗅到这得意春风里蕴藏着的味道。

一

轴轳百里，船篷摇曳，渔火点点是周定忠脑海里最深刻的童年画卷。1981年，他出生在湖南常德汉寿县农村，家住洞庭湖四大支流之一的沅江边上。父亲是上门女婿，外公家以打鱼为生，所以他上学前的很多时光是在渔船上度过的，小小年纪，划船、捕鱼都熟稔有余。家的周边还有很多小河流，喜欢戏水的他曾两次溺水，都是在命悬一线之际被人救起，大人们都说这伢子命蛮硬的。

小学、初中的生活和很多"80后"农村家庭小孩一样：掏鸟窝、捉青蛙、钓黄鳝、挖藕尖、摘莲蓬、偷西瓜……样样无师自通，物质的缺乏，并没有阻碍他和小伙伴们从各种各样的活动中找到童真和乐趣。

在他的幼年记忆里，农忙时，兄弟两个喜欢抢着给父母送饭，哥哥先天视力不好，很喜欢黏母亲，每次送饭，都让哥哥给母亲送，他则负责给父亲送。

这种天伦之乐没有持续几年。9岁那年，母亲干活时突然昏倒，家人以为只是劳累过度，送往镇卫生院，可打了一天吊针后仍然没有苏醒的迹象，才发觉情况不妙，赶紧转到附近镇上的人民医院救治，诊断是脑出血，已来不及抢救了。

因为家境困难，无论如何也支持不了他上高中，他报考了中专，一门心思想早点参加工作。

三年的中专学习，他不仅学知识，也慢慢长见识。家里条件不好，买不起新皮鞋，他摸索到市里的大桥下，有一个二手皮鞋市场，皮鞋5~10元一双，于是，他一次买几双，然后把鞋子擦得铮亮，虽然穿几个月就烂底，但换一双还是光鲜的。天气炎热时，只能买加了色素的很便宜的汽水，偶尔能喝一杯可乐解馋，对他而言简直幸福得不得了。

周定忠很讨父亲喜欢，中专刚毕业回家，父亲会时不时让他去老友开的批发店赊账买啤酒，父子两个对饮一下，虽然之后喝过不少高档的白酒、红酒和洋酒，但都没有和父亲对饮的那种醇香了。青春期的孩子不懂得当时父亲满腹装着怎样难言的苦楚，背负着怎样的生活重压，只管让叛逆的天性恣意宣泄，调皮捣蛋的惹父亲生气。直到有一天早上，周定忠醒来，发现一直和自己睡一起的爸爸不见了，强烈的不祥之感让他发疯地起身寻找，堂屋里的一幕让他撕心裂肺：父亲用一根绳子结束了自己的生命，带走了所有的烦恼，留下的是儿子的恸哭和久久难以释怀的自责。

少年丧母，青年丧父，周定忠的生活陷入了黑暗。他内心痛到麻木，似乎一下子懂事了。他给自己说：无论如何，日子还要继续。望着父母留下的几间空房，他约上一同长大的小兄弟，将房子拆卸，用一个月时间一块砖一块砖地敲打清理干净，然后售卖，加上宅基地一共卖了2.5万元。这是父母留给他和哥哥两人的全部家当。

周定忠的哥哥因为先天高度近视，后又患了青光眼，家里没钱医治，最后几近失明，生活不能自理，父亲过世后，就由外婆照料，一个天寒地冻日子，他穿着军大衣坐在炭火盆边烤火，谁也没有料到，一粒火星溅到大衣的毛领子上，迅速引燃了整个衣领，烧伤了哥哥的脖颈。后来，外婆年纪大了，实在没法照顾，就把哥哥送到爷爷家，由叔叔婶婶轮流送饭照看。由于受过烧伤，营养又跟不上，哥哥的身体每况愈下。一天家人送饭，发现哥哥已经没有了气息，生命定格在26岁。那一年，周定忠23岁，已经外出在广东打工。

二

中专毕业后，周定忠如愿分配到一家国营化肥厂工作。

四班三倒，每个班组上8小时班，每上9天班休息3天，月月有固定收入。生活像是经过严冬后迎来了杨柳春风。他十分珍惜这第一份工作，每天拼命地干活，他所在那个班组一直都是车间最高产能的保持者，因而很受调度喜爱，经常请他出去打牙祭，因为他皮肤黝黑，调度亲切地称呼他小黑。

日子平静如水，温和中弥漫着散淡。安逸稳定地工作了一段时间，新鲜感一天天褪去，莫名的彷徨一次次袭来。骨子里的青春热血开始不安分地涌动。他感觉如果继续重复这样的日子，一眼望到头了，这绝不是他想要的生活呀！

恰巧，一个初中同学打来电话来，说他中专的一个同学在广西混得挺好，邀请他去广西一起做业务员。一心想改变现状的他，没细想就答应下来，立即去找车间主任请了一周的假。他满心欢喜的认为：如果找到可心的工作可能就不回来了。

到达广西北海，来不及四处瞧瞧看看，就开始了所谓营销培训，天天有人激情讲述金字塔式的致富神话，接着就有几个人盯着让他发展下线，他才意识到：糟了，自己进了传销的圈套，经过多番斗智斗勇，15天后，他终于逃了出来。呼吸着新鲜的空气，周定忠马不停蹄重新赶回化肥厂。可是厂里郑重告知：他因旷工被开除了。失落之余，他自我安慰，全当自己命里注定端不了这铁饭碗吧。

无处可去的他，通过关系联系了一个在惠州的远房亲戚。2000年7月，风华正茂的周定忠怀揣梦想，如初生牛犊踏上了广东惠州这片陌生的热土。整整一个星期，他每天早上出门，从职介所拿到招工信息，再一家一家去面试，去了多少家，面了多少回，他记不得了。最后进了一家台资的PCB（印制电路板）工厂，从此开启了PCB制造的职业生涯。

在工厂，他做的是最苦最累的印刷手岗位。每天长时间站立不说，最难受的是频繁接触药水和油墨，双手过敏溃烂，下班第一件事先用热水泡手，第二天，十指贴满创可贴，他咬牙继续走向车间。他知道，自己没有可依赖的，一切只能靠自己。

也许无路可退就是最好的出路。车间里，他是最早一个上班，也是最晚一个下班。一次生产部主任巡查，发现他产出最快，产量最高，就当着大家伙的面问："你们有没有人印板子比周定忠快？"现场无一人应答。这句话如催化剂，激励他继续发奋，把吃饭的时间缩至最短，每次都是狼吞虎咽般速战速决，然后直奔机台。他几乎把同事吃饭、抽烟、打盹的时间全部用在了工作上。女孩子都调侃说他吃饭那个速度不叫吃饭，叫倒饭。

荒漠不会拒绝一锄一镐的耕耘，汗水洒落的地方总会长出希望的嫩芽。两个月后，周定忠做了组长代理。这期间他眼睁睁看着和他一起进厂的同一批工人，因为吃不了苦，先后辞职。那是他最苦闷的一段日子，工作又苦又累，他选择坚持；连一个想说说心里话的熟悉伙伴都没有，他还是选择坚持，因为当时劳动力过剩，太好招人了，有一份工作很不容易。3个月后他升任组长，而这个组长一干就是三年多。

白天，他依然在一线挥汗如雨，夜晚，凝望满天星空，周定忠再次陷入了沉思：企业根本没有给员工做明确的职业规划，组长似乎干到头了，再往上走好像又没路了，怎么办？

三

正在踌躇之际，2003年，惠州雨后春笋般冒出来很多内资的PCB小厂，许多同事开始跳槽，他经过慎重考量，于2004年跳槽进入了一家电子公司。

工厂全新组建，机会也有很多，因为他有四年行业工作经验，他从工艺工程师做起，半年后任干膜课长，又过半年后被提拔为副经理，2008年任经理，这样的晋升节奏，他一度成为公司升职最快的主管。

2006年，公司董事长凭着敏锐的嗅觉和超前的战略眼光，在惠阳买下400亩地，集团公司应运而生。2008年开始投产。新工厂筹建带走了70%的人员，周定忠继续留任老厂。由于受亚洲金融风暴的影响，不久，新工厂的投产遭遇寒冬，公司及时调整决策，要求老厂开足马力生产，面对快节奏的生产和大量的新进员工，每天都有各种问题要解决，遇到棘手的事也会让他焦头烂额。后来在总公司的及时支援下，生产快速进入了正轨。

那时，学历不高的他意识到学习的重要性。2009年自己报读大专，三年后又接着报读本科，学习工商管理。2010年，他带领5名主管远赴上海参加精益生产的特训营，回来后学以致用，大刀阔斧组织内部机构改革，将原有700员工减少了130多人，降本提效，他尝到了精益生产的甜头。

一次，董事长去视察工作，了解生产经营状况，当时周定忠值班，董事长询问产值、产能、品质、安全等，他对答如流，领导提出新的工作要求，他一口一个"是"，连着几个铿锵有力的"是"，一下子让军人出身的董事长对他平添几分好感，发现了一棵值得培养的好苗子。一天，董事长把他叫到办公室，从包里掏出4万元现金："你赶紧去报读清华的EMBA研修班，这是学费。"

那一刻，一个孤儿体验了亦父亦兄的温暖，那一刻，一个游子找到了归家的路。他满怀对董事长和公司的感恩，边学边干，不负栽培和厚望，带领全厂500多人，团结一心，拼搏前行，不仅一年年刷新产能，而且通过不断创新，深挖潜力，将产能做到5万平方米，超出工厂规划设计产能3万平方米的40%。他每年都受到集团的表彰。在2012年年会上由董事长直接点名提拔做总监，他似乎一夜间站在了光环下。

于周定忠而言，每一次产能的突破，都是他完成一次破茧成蝶的考验。他对每一台机器、每一种物料、每一个员工，都充满情感，那里不仅是他事业起航的地方，更是让他从一名普通员工历练成一名高层主管的摇篮。在成长的道路上，还有一位长者对他的引导启发让他受益终身。何总是老厂的总经理，他不仅有丰富的从业经验，而且在管理上深谙人本之道，他主张以人为本的企业文化，倡导带团队就是带人心，正是基于此，他给周定忠充分放权，平时很少插手管理，在遇到难题或者矛盾时，教他分析人心，对症下药，往往起到四两拨千斤的效果，一直成为周定忠在管理中常用的法宝。

事业如竹子节节生长，爱情也在这里开花结果。周定忠和妻子相识于第一家台资厂，做生产组长的他，结识了品检员小鲁。同为常德老乡，有种天然的亲切，小鲁乖巧玲珑，是个需要保护的小女孩，周定忠的大男儿气度，也很对她的路子，一来二去，老乡变成了未婚妻。婚后育有一双性格迥异的女儿，大女儿安静懂事，小女儿机敏活泼，都是他的掌上明珠。

四

眼看着工作生活得顺风顺水，周定忠没想到，新的挑战正等着他。

集团早在 2012 年就规划上市，而新工厂效益一直没有明显提升。在关键时期，2014 年 2 月周定忠被董事长点名从老厂调到集团，被任命为大制造总监，他深知，这样的安排，虽不是临危受命，也是要打硬仗的。

新车间比老厂大了很多倍，每天从产线巡回一次就是几万步。产品类型越来越多，制造工艺越来越复杂，各个部门间都在磨合，从管理几百人到几千人，他不仅快速适应着新环境，而且再一次用数字证明了实力：短短三个月，完成了产能 3 级跳，从 2 月的 7 万平方米到 4 月的 11 万平方米。到年底累计达成产能近 120 万平方米，为公司 2015 年顺利进入资本市场交出了满意的答卷。

在制造型企业，一串增长的数字，背后承载的内涵不是简单的辛苦可以诠释的，它是一群冲锋陷阵的士兵，在指挥员的号令下，一个堡垒一个堡垒攻克而成，是团队成员无数的汗水和泪水凝结而成。

公司上市后，有了资金的平台，集团开启了每一年新增一个厂的节奏，在行业一路高歌猛进。人数也从 2000 多人一路跃至近万人，公司成立了多层板事业部，由一个厂发展为六个厂，他出任多层板事业部总经理，管辖着全公司一大半人。2021 年更是创下了事业部月产能超 60 万平方米的新高。2020 年，他又报读了博商学院，一年多的学习和历练，让周定忠不论在看问题的眼界、处理事务的方法，还有挑战身体极限方面再次得到了淬炼。

周定忠一边在学习中增加底气，一边在实践中开拓创新。在带领团队冲锋陷阵的同时，他主导推行了 STC ——精品团队文化建设，力主推行一线班组关爱文化，核心内容为四个关注、两个引导：关注员工生活、关注员工感受、关注员工技能、关注员工创意，引导正确做人、引导正确做事。并以此为轴心，开展一系列活动，为制造赋能。6S 改善、技能 PK、品质改善、以产定薪绩效激励制度，让每一个团队成员发挥自己的价值，贡献智慧与才能，一起分享收获的果实。

他带队伍有狼性，讲求雷厉风行，今日事今日毕，做到问题不过夜，奖惩不过夜；他推行 PK 文化，以月为单位，厂区之间、同制程、同职能关键指标做评比，营造你追我赶的氛围，为促进厂区之间合作共赢，每月还设立了最具合作意识奖项。

"授人以鱼，不如授人以渔"，这是他常常挂在嘴边的管理理念。师徒制、基层主管轮岗学习、组织管理干部徒步、外训等团建活动，通过指路子，教方法，让干部长见识，强本领。不仅为公司迅速扩张准备了人才，也不断降低了人员流失率。

凭着正直的品格，高效的管理，出色的业绩，成为集团的得力干将之一。他于 2016 年光荣加入中国共产党，2018 年被评为市级优秀党员，2021 年当选为市党代表。

五

　　熟悉周定忠的人都知道，他做事总渗出一种坚定，透着一份情怀。

　　他心系一线。他每天必做的工作，是深入一线发现问题，亲临现场解决问题，倾心打造家文化：大小节日礼品准备与仪式感的营造；生日庆贺也是每个月必不可少的节目；宿舍走访、带队家访；为高温岗位申请补贴；为长期久站岗位配备防疲劳垫或酒吧椅；处处体现小爱真情，大爱深情。在得知防焊课一名工作了8年的老员工身患癌症，且家庭情况困难后，他带头解囊，同时组织内部募捐，几年来他累计给患病员工、困难家庭捐款近10万元。

　　和他打过交道的人都说他重情重义。从老厂到集团，他万分不舍，曾三次落泪。他的小女儿都知道，爸爸看电视遇到动情处，也会落泪，小姑娘总是一边给他递纸巾一边说："爸爸又哭了。"这个鬼灵精怪的小姑娘哪里知道爸爸这铮铮铁骨下深埋着的侠骨柔情。

　　随着经济条件慢慢好转，他心里始终记挂着家乡的亲人，先是出资把通往爷爷家墓地的道路建好，然后在惠州买了套五房的大房子，专门用于5个姨姨来惠旅游和过冬居住，感恩自己年少时代失去母爱后5个姨姨给予的关爱，自己一直住在最早买的那套旧房子里。

　　岳父患了癌症，他接岳父到广州医科大学附属医院治疗，联系最好的专家诊治，实在无法挽留生命了，他尊重岳父的心愿，又专门租了一辆救护车把奄奄一息的岳父从广州送回老家，直至送终。

　　小曹是周定忠的发小，是把做餐饮的好手，苦于没有资金、没有人脉，苦心经营好几年，餐馆都做不大。周定忠把他引入到惠州，找来合伙人，自己带头投资，在惠州建成首家高端湘菜馆，从江北店到水岸城店、从仲恺店到演达店……靠食材鲜美、出品靓丽、环境优雅、管理规范、服务周到，在惠州打响了湘菜品牌，赢得了好的口碑，家家店生意火爆。而他们3年做7家店的规划也在落地，目前4家在运营，3家在装修……

小黑倔强地成长了，成熟了。如正午的红高粱，饱满又健硕。

归去仍是英雄

我们都知道南宋名将岳飞是精忠报国的民族英雄，是中华民族忠贞爱国的精神图腾，从未想到时光隧道穿越800多年后，近日在报刊上得知：岳飞遇害后妻儿被发配惠州，在惠州生活了20年。

同为千古名人，北宋被贬的苏轼也在惠州生活了2年7个月，比岳飞家人来惠州早40多年。岳飞和苏轼，两人都和惠州结缘。一位元气饱满，赤子之心，诗文书画无一不精，被称为百科全书式的人物，其成就能有几人可堪比？一位戎马倥偬一心报国，一首《满江红》，气吞山河，千古绝唱，又有几人可堪比？

只是苏轼在惠州时间虽短，但留下的印记随处可见，在惠州的名气妇孺皆知。而岳飞的妻小，在此20年，却鲜为人知，正因为鲜为人知，更加弥足珍贵。

想探寻岳家人的足迹：饱经丧夫之痛的女子李娃，是否在栖身的破庙里，白天缝补浆洗，夜晚以泪洗面？是否一面对秦桧、万俟卨之流的恶行恨之入骨，一面无奈发出苍天不长眼的感叹？甚至有过叫天天不应，叫地地不灵的绝望？

想追忆岳家人的故事：幼年丧父的孩子，是否在饥寒交困的时刻，渴望一碗热腾腾的粥饭；是否在梦中无数次呼唤着"父亲"，脸上挂满泪痕；是否在无人的旷野大声吟诵"仰天长啸，壮怀激烈"？

白天，穿过古老的小巷道，来到溪水湖畔，不知哪一块发黑的石板是岳家人曾经踏过的；不知哪一寸草滩是岳家子孙逗留过的；更不知哪一眼泉水是岳家人汲取饮用过的。昂首是天，头顶那一轮明晃晃的太阳，一直亘古不变的照射着脚下的大地。

夜晚，凝望浩渺的星空，我仿佛看见——岳飞妻子李娃在皎洁的月光下，轻轻撩起搭在前额的发丝，如数家珍般给孩子们讲述过去的故事：他们的奶奶是如何在父亲背上刺上"尽忠报国"四个字，而这四个字又是怎样震撼了最初负责审讯父亲的官员何铸，让他坚信岳飞绝对不会谋反，转而为岳飞鸣冤；讲他们的父亲在抗金的战旗下，横刀斩杀金军，多次立下奇功，是何等威风；讲大哥岳云如何从小跟随父亲南征北战，攻城拔寨，创造出战无不胜的"赢官人"口碑，让金人闻风丧胆，发出"撼山易，撼岳家军难"的长叹……

我是一名新惠州，自知才疏学浅，对惠州深厚的文化底蕴和人文历史了解太少，所知不多，无从考证岳飞家人在惠州20年的足迹，他们住在哪里，曾经历过什么？20年后，传说岳飞的儿孙们陆陆续续北上和东下，有的去了湖南，有的去了江西，有的去了杭州，不知道是否还有后人留在惠州绵延至今？因为岳飞的二儿子岳霖是在惠州娶妻生子的，娶的是不是本地的姑娘？如果是，惠州有哪个族系曾与岳家有缘？希望能找到答案，哪怕只是传说的一星半点，都将会是夜明珠一般稀世珍贵。如果真能找到岳家人在惠州的印记，定当前往，秉烛燃香，来一次迟到了800多年的祭拜。

我无法参与挖掘岳家人当年与惠州人民相处的故事，但是，我能感知到，当邻居们得知他们是岳飞的家人和后代，会和我们现在一样，不仅对他们的遭遇深表同情，更怀有一份对英雄家人的崇敬之情。邻居大叔大婶们你一桩、我一件，用粗糙而结实的援手，守望相助，帮助岳家人度过艰难的岁月；小伙伴们纯洁无瑕的稚子之心，也会给岳家子孙的童年色彩增添亮色；荔枝的甜蜜，会让他们暂时忘却了烦忧；西湖里的鱼虾，会让他们品尝客家的美味……

古人不见今时月，今月曾经照古人。800多年星河流转，岳家军的血脉依然伴随着东江水绵延流淌，岳家人骨子里的忠贞气度与罗浮山一样挺拔苍翠。

归去来兮，英雄的目光仍在惠州瓦蓝的天空凝望，英雄的浩气早已在惠州的热土上驻留。

再进高潭

　　南方的冬天是最舒爽的，进入四九天了，没有北方"三九四九冰上走"的气象，反而感觉和北方的春天一样。

　　2022年1月19日一大早，心情就美美的，一来是我的生日，二来要去做一件非常有意义的事情，受胜宏科技董事长、工商联主席陈涛的委托，代表公司和十多位企业家一起跟随市工商联领导，参加市"万企兴万村"活动，前往惠东高潭镇进行节前慰问。

　　"万企兴万村"的前身是"万企帮万村"。如果说民营企业在农村精准扶贫中谱写了"万企帮万村"的华丽篇章，那么，2021年打赢脱贫攻坚战后，民营企业在助力乡村振兴的新征程上又拉开了"万企兴万村"行动序幕。"帮"与"兴"，一字之差，内涵却发生了很大的改变，它浓缩了祖国广大乡村的历史变迁，凝结着无数民营企业家在脱贫攻坚历程中的担当作为。

　　汽车一路奔驰，车窗外的风景不断变换着，门店、幼儿园、工厂，最亮眼的是看到一片花圃，红、黄、蓝、紫的盆花一排排、一对对，那一株株年橘虽然被透明塑料膜包裹着，但是那一串串橙色的小脑袋急不可待地想要探出来，想要告知人们，新年到了。

高潭镇我是第二次来。第一次是2020年6月20日，为缅怀革命先烈，强化党性教育，有效推动胜宏科技党支部建设工作，我带领40多名党员，来到高潭镇开展庆祝建党99周年"七一"主题党日活动。记得那日，天特别蓝，云格外白，是难得在雨季时节的好天气。鲜红的国旗、党旗在苍穹下格外鲜艳夺目，一群有情怀有活力的党员，统一换上红军装，在军人出身组织委员张斌的带领下，大家队列整齐，唱着激昂的歌曲，喊着响亮的口号，踏着坚定的步伐走过马克思街和列宁街，那高涨的气势，引得路人纷纷驻足观望。马克思街和列宁街是中国最早以共产主义领导人名命名的街道，是极具历史意义"红色印记"。紧接着，大家来到烈士纪念碑前，在庄严肃静的氛围中，听从教官统一指挥，向烈士敬献花篮、默哀悼念、抚今追昔、缅怀先烈。当大家得知高潭镇牺牲的烈士有2800多人，其中绝户412人，眼含热泪，悲壮不已。

百庆楼前，由市级优秀党员周定忠领誓，党员们重温了入党誓词，字字坚定，句句激扬。进入百庆楼内听取了"农民运动大王"彭湃等革命先烈的英雄事迹。绕过红军井，走进纪念广场，纷纷在巨幅雕像前合影留念。

简单地用过午餐，下午1点30分，全体党员顶着正午的烈日踏上近7公里的红军路，第四党小组唱着《团结就是力量》，走得整齐铿锵；第三党小组则拿出快速小跑的急行军速度，一路上，大家相互鼓励，不畏山路崎岖，不怕烈日炙烤，用最短的时间走完了红军路，其间没有一人掉队。教练夸赞说，他带过的团队中，胜宏科技党支部是走得最快、最有朝气的团队之一。

"到镇政府了"，同伴的提醒，把我从记忆中拉回，我们一行先到了镇政府，镇政府刘书记简单介绍了基本情况。带队领导说明来意：惠州市开展"万企兴万村"行动以来，市工商联高度重视，广泛动员民营企业家在做大做强企业经营发展的同时，投身"万企兴万村"行动，助力实施乡村振兴。今天前来是带领企业与高潭镇政府进行帮扶工作对接；农历新年将至，带领企业家对困难群众进行走访慰问；高潭作为红色小镇，有很多值得参观学习的景点，希望企业家们能在这里感受到当地的红色革命文化，领略中国共产党的光辉历史。

座谈结束后，在市驻镇帮扶高潭工作队队长的带领下，我们慰问组一行先后走访了张伟忠、杨火原、林坤荣三户家庭，将准备好的慰问品和慰问金送到他们手中，并提前送上新春祝福，表达企业关心。

回来的路上，我用心触摸着这颗曾是东江地区工农武装斗争的红色心脏，两次来感受都不一样，但有一样是不变的：今日的岁月静好，是无数革命先烈用鲜血铸就，未来的岁月更好，还需我们今人的砥砺奋进。

高潭，我还会再来，因为这里有着永不褪色的红色基因；有着取之不尽的力量源泉。

这一程，因爱铭心

夜已深，人难眠。手捧先生的检查单，看着熟睡的他，呼吸均匀，鼾声踏实，我被焦虑和不安裹挟了的心瓣，一片片舒展开来。

先生一向身体很好，提前4年退休，来到美丽的广东惠州定居养老，10多家同学老友追随而来，今天这个叫，明天那个请，三天一小聚，一月大团圆，吹葫芦丝，下棋，打球，生活充实而又开心，不承想，打高尔夫用一号木能打出300码距离的他，一次体检，无任何症状查出心脏升主动脉窦部瘤样扩张，医生建议实施开胸手术治疗。

天呢，这不痛不痒的，就要开胸，全家人都懵了，无法接受，揣着侥幸心理，我们上广州、找专家，但给出的会诊结果还是要手术。

我们多年的朋友，一位重情厚义的上市公司董事长陈涛得知后说"要手术就去全国胸外科最好的北京阜外医院"，态度坚定得不容置疑。"你大哥一辈子不愿求人，大老远去北京太麻烦了。"我说："心脏是人体最重要的器官，这么大的手术，此时不求人还等何时呀！"他立即联系了在北京的老朋友苏局长，很快挂到了阜外专家钱主任的特需门诊号，我们一天都不敢耽搁，直飞北京。

北京，一座处处彰显着神圣和威严的城市，一个让世界景仰的大国首都。我们无心观景，直奔阜外医院。医院没有想象的那么大，门诊、住院、急诊楼依次排开，砖红色主楼前，大门两边静静矗立着两块一人多高的红砖墙，上面分别贴着白色立体字："国家心血管病中心"和"中国医学科学院阜外医院"，低调地显露着医院的实力；"实名预约挂号，无须排队就诊"的横幅标语让人感受到这里的亲近平和。

一大早，在门诊大厅，一眼看到右面墙上的"用心守护家园"的醒目标识，心里顿觉有了依靠。见到了对接的吴老师，尽管戴着口罩，遮掩不住她的美丽，皮肤白皙，一双有点混血儿的大眼睛，充满善意。可能是感受到我的紧张和不安，她会时不时用京腔京韵的话语温柔地说一句："不急，咱慢慢来。"

在特需门诊，病患有序地排队候诊，我们忐忑不安地进去，钱主任利落地翻看检查单，很肯定地说："必须手术，这就是一颗定时炸弹，随时会有生命危险！"钱主任的态度彻底打破了我们保守治疗的想法。

核酸检测、流调等入院前准备工作很有节奏地进行。5月31号先生顺利入住医院。因为疫情防控，家属不能陪护，也不能探视，严格的规定似乎有点无情，但恰恰体现了阜外医院到位的护理服务：送饭、引导检查，各项工作安排得井然有序。入院第二天，就接到术前谈话通知。负责谈话的张医生玉树临风，年轻帅气，他详细介绍了手术相关情况，耐心解答我的疑问，特别是对机械和生物心脏瓣膜的优劣，做了解释，言简意赅，为我们做选择提供了依据。我在电脑上签好所有术前文件，虽然表面上强装淡定，内心依然惶恐不安，此时，女儿发信息，她乘坐的飞机刚落地。

第三天手术日。我的心里一直空落落的没个底。先生12点被推进了手术室，我和女儿开始漫长而焦灼的等待。电子屏上滚动着所有手术患者的状态。当天手术年龄最小的是一个8岁小女孩，最大的73岁。手术内容五花八门，冠状动脉旁路移植术最多，我先生是保留自身心脏瓣膜下的升主动脉窦部血管置换术。三排长椅坐着三四十个家属，有的在手机上看视频，有的闭目休息，有几个就和我一样来来回回走。期待、祈福都浓缩在这短暂又无边的时间里。我一边走一边默念：老公，加油，我和女儿就在你身边，你一定能顺利闯过这一关……既是给自己减轻焦虑，也是默默给先生打气，那一刻，对"度日如年"这个成语的体验太深了。

太阳逐渐偏西，等候厅光线不再刺眼。手机铃急促地响起，医生告知：手术结束，已经送重症监护室观察。除了更换心脏根部主动脉，原计划修复自身心脏瓣膜，因长期在高原工作，损伤严重，无法修复，改做置换生物瓣膜。医生又交代：患者年纪偏大，不排除二次手术的可能，让我们随时做好5分钟就能赶到医院的准备。

一个晚上，我和女儿彻夜难眠，电话一响心惊肉跳，心理压力超过了手术期间的。女儿几次跪在地下祈祷，她深深体会到，与今天的经历比，过去遇到的那些所谓郁闷，委屈，都不是事。房间里安静得只能听见自己的心跳，我们盯着桌上的时钟，一分一秒地盼着，一个小时一个小时熬着，感觉时间凝固了一般缓慢……

终于熬到了第二天下午，我们早早来到门诊大厅等候电话。家属数十人排成两队，依次接听医生的通告，轮到我时，医生说："情况稳定，人清醒了，管也拔了，已经进食了。"我本来准备的一大堆问题瞬间都没了，顿觉医生这几句话是世界上最动听的语言。又在焦虑中等待了一天，4号下午5点，我接到电话通知，病人已转入普通病房，家属带洗漱和换洗衣物到大厅等候，会有护工来取。我们又喜又急，喜的是终于度过危险期了，急的是，这么大的手术，我们作为亲人，连面都见不着。好在没过一会先生打来视频电话，看到他的瞬间，我强忍心痛和难过，只是哽咽着说"你遭罪了"，没聊几句，护工就不让多说话了，我快速将"手术顺利"的短信传递给亲朋好友，让大家揪着的心放下。

人影绰绰，幻觉不断。麻药过后，先生在疼痛中度过了一个难挨的夜晚。女儿积极和护工小刘互动，恳请她代为照顾好爸爸，讲了爸爸常年工作在高原边关，还因公断了一节手指的事，小刘照顾得更加用心，时不时和我们视频对话沟通。这里，要为先生点个赞，无论术前、术中和术后，医生、护士、护工都对他积极乐观的态度和表现出的良好素养给予高度评价。6月8号出院，一个如此大的手术从入院到出院仅仅8天，阜外医院高超的医学技术和到位的护理服务可见一斑。

出院后，我们在医院附近调养，首都的天气一直风和日丽，不冷不热。陈涛从深圳前来探望；在北京的朋友潘老师两口百忙中送来稻香村的糕点，甚至带来了发好的海参，细致的温暖，如春雨润心。端午节晚上，他们又专程送来了粽子，我们在北京过了一个温馨而又难忘的端午节。

清淡饮食，控制饮水，女儿天天换着花样安排营养又可口的饮食；拍背、按摩，我们的护理每天都做得一丝不苟；一周后，心电监护仪数据显示，各项指标正常，我们长舒一口气，也让忙前忙后的苏局长和吴老师欣慰。

半个月后，我们按计划返程，不曾想在准备登机时被机场劝返，理由是术后时间不长，乘飞机有一定风险，认真的态度让我们折服。我们改乘高铁，很幸运地抢到一张商务舱的票。5人一节的车厢，座椅宽大舒适，环境整洁安静，还有营养餐配送，服务不亚于飞机头等舱。最可圈可点的是，女儿申请了高铁12306温馨服务，我们从北京西站到深圳北站，两头都有专人用轮椅接送我们进站出站，一路走绿色通道。乘着高铁，像乘着时代的风云，贴心的服务，以微光诠释着大爱，当晚九点，我们顺利回到了惠州的家。

在家休养的日子一天天过去，隔三岔五有朋友同事来探望，还有许多电话和信息问候关怀。为了坚持适度锻炼，先生的同学每天早上七点半准时在楼下等候，陪他散步、聊天；为了保证饮食营养又可口，家门口小柴湖湘菜馆启动爱心点餐服务……

如今，半年过去了，复查结果显示，术后恢复得很好。对于经历了一场人生大考验的我们来讲，从头到尾是满怀的温暖，满心的感动，我们在中国最好的医院得到最好的诊治，体验了来自祖国不同地域、不同岗位、相识和不相识的那么多人的关爱，这份爱植入心脏，这份爱融入心间。

人生总有一些意外是措手不及的。这一程，我们有心急如焚的焦灼，有望穿秋水的等待，有紧握双拳的坚持，有无处不在的感动。所有的忐忑不安，都在爱的涌动中消弭；所有的紧张煎熬，都在暖的支撑中融化，这一程，因爱铭心。

相望两棵树

　　室内一株发财树，窗外一棵大王椰，构成了我办公室的绿色主基调。

　　不知道是身材好看，枝繁叶茂，还是名字寓意符合大众心愿，发财树是大家都喜爱的绿植，办公场所、酒店宾馆、私人住宅都是她常光顾的地方。一个褐色花盆，大大小小各种金色字体的"福"字，有规则地排列在花盆外。花盆里浮着一层褐红色的陶粒，每每看见，就想起我小时候见过的羊屎蛋。一直以为是肥料，后来才知是用来盖土的，起装饰作用。三根碗口粗的枝干，高中低错落有致，每根枝干上各抽出十几根枝条，从枝条上伸出一个个花瓣伞，花瓣五片、六片、七片的都有，枝条越往上绿色越淡，靠窗的那面总是长得快，向外倾斜，需要时不时转动花盆，让她们轮流享受隔窗的阳光，也给她们均衡探视窗外风景的权利。

　　窗外，一棵粗壮的大王椰，头顶与我所在的三楼平齐。那是十多年前建大楼时在两侧对称栽种的，一边六棵。倚在我办公室窗边的排第一，是最大的一棵。腰身粗壮，树的顶部有十几片大叶子，宛如一把天然的大伞，大伞刚好撑开在我的窗前，随着风向左右摇摆，前后点头。大伞顶端的中间有一支青绿色的嫩茎，像一支大笔直指天穹，偶尔有麻雀等小鸟站立，俨然一副登高望远的派头。

两棵树，隔着一层玻璃，一个总是亭亭玉立地站在桌子旁，安安静静，像个小女孩；一个就没有那么安分了，喜欢张牙舞爪地闹腾，很少有停下来的时间，像个调皮的小子。

只要有风吹过，大王椰就会借力靠向玻璃，我专注地看着他，以为他也看着我，却不料他是冲着室内的发财树投来探寻的目光。我的内心忍不住一声叹息：植物也和人一样，会日久生情的。

风和日丽时，两棵树平静的守望，我也会经常开一下窗户，任凭发财树和大王椰兴奋地摇曳着绿叶，颔首点头。遇到高温天气，正午的太阳火辣辣灼人，我会放下窗帘，发财树和我一起在空调房内享受一份清凉，而大王椰只能无语地接受暴晒。到了台风天气，大王椰就要在发财树的眼皮子底下经受一次风吹雨打的考验了。首先听到的是呜呜的哭声，随着哭声由远及近，一阵接一阵的风就飘来了，且一阵比一阵力大，大王椰强行直立着身子，大伞经不住风的袭击，开始大幅度摆动，有时候朝一方歪，有时候东倒西歪，只见一条一条的叶瓣焦躁地上下翻飞，互相携手着抵抗狂风的围攻。不一会，乌云像赶集一样，密集地走向窗口，灰色变成黑灰色，随着天色暗沉，伴着气吼吼的霹雳，雨就哗啦啦从天而降，先是噼噼啪啪敲打，宛如演出开场的锣鼓，然后像是从天幕开闸放水一样，大雨倾泻而下，这时候大王椰反而平静了许多，任凭雨水打在身上，顺着细长的叶瓣往下流，像是止不住的泪水。

半小时前还炙热的空气，一下子变凉了。雨似乎闹够了脾气，变得平和了很多，不紧不慢滴滴答答的持续落下。此时的发财树，看着大王椰和暴风骤雨搏斗，目瞪口呆，表面枝叶纹丝不动，不知内心是否替自己的伙伴捏一把汗，或者庆幸自己可以躲在门窗紧闭的室内，得天独厚地拥有没有风雨侵犯的优越。大王椰在经历狂风暴雨的折磨时，不知内心有没有对室内的发财树心生艳羡甚至嫉妒。

只是，我慢慢发现，室外的大王椰每遭风雨洗礼后，枝叶更加葱茏，那叶瓣像吸足了蛋白一样饱满油亮，而室内的发财树过几个月修剪一次，尽量保持最佳造型。一年多后，不知道是接触不到阳光还是肥力不足，任凭怎么打理都越来越没有精神，表现出一种无法逆转的萎靡和散漫，从一个美少女变成头发乱蓬蓬的老妇人了。直到有一天，同事进来说："这棵树该换了。"

当发财树被抬出门外时，心情一定是沮丧的，她再也不能和大王椰相守相望了。她所站立的位置上，取而代之的是刚从花圃市场新挑选的自己的伙伴，和她刚来时一样的水润苍翠，惹人喜爱。

我突然对这棵发财树心生悲悯，她的命运人为的东西太多了，生长在花盆里，生命在有限的空间里被束缚，表面看似舒适的生存环境，温吞吞的，让她永远失去了战天斗地的激情，没法体验惊心动魄的滋味。更糟糕的是，如果不是因为放在三楼，她是无论如何难以企及到大王椰的高度的，哪怕有再好听的名字打底，哪怕有再高的平台让她和大王椰平视，但事实残酷地告诉她：她和大王椰的相遇只是偶然，相隔咫尺，只能目睹他拼搏后的奕奕风采，相望他日渐成熟的帅气模样，永远没有相守的缘分了。

室内是一株新的发财树，室外还是那棵大王椰，在绿色的光阴里继续互望着，一切都没变，一切都在变。

守护万家灯火

入秋了，一场台风刚过，空气里游离出缕缕湿漉漉的微风，道路两旁的树木，呼吸得粗缓，路边工业园，有的春天还是一个个脚手架，今日变成崭新的现代大楼了。

一大早，我一进入公司大门，精神抖擞的保安就来到车窗前，雷打不动地查看行程卡、测体温，然后一个敬礼，这样的规定动作从疫情发生已经持续至今。上午，我除了日常的工作，就是提前收集当日需要接待来访人员的行程卡、核酸检测报告、车牌号等，确保进厂人员符合疫情防控的各项规定。这成为常态化工作内容之一。马路对面，公司统一购买用作员工宿舍的商品楼，有一栋专门用来隔离从中高风险区返厂的员工，当天有几人解封，其余人员安排送餐，动态管理，有条不紊。

18 点到 22 点，是街道办安排全厂核酸筛查时间，几千名员工分批次有序地排队，一眼望去，四条通道，大片穿蓝色工装的是制造一线员工，糅杂在蓝色基调里的是白色和粉色，粉色的是品管部的员工，穿白衬衣的则是工程师或者各级主管，人很多，但是很安静，大部分都是手机不离手的姿势。照惯例安保部人员维护秩序，人力资源部人员分4组配合扫核酸码，这样的工作对他们而言早已配合默契、驾轻就熟了。

下班回家，吃过晚饭，天幕瞌睡地垂下了眼帘。听见小区里有人用喇叭呼唤着："还没有做核酸的业主，请大家抓紧来做核酸。"我和先生下楼，在楼的空白地，两顶帐篷一前一后静静站立着。五位身着防护服的医护人员，一人用手电筒照着路面，不断地提醒着："做核酸的请从这里进。"一人在指导着扫码、验码。一人不停地说："请出示粤核酸6。"一边用手机扫码，遇到不会的老人，就会手把手耐心地教；另外两位就是核酸采集人员。每一个人都一遍又一遍熟练地重复着单调的动作，说着重复的话。这样的场景已经循环往复，屡见不鲜了。

自2020年起，世界因"疫"而不同。在新冠疫情的肆虐下，我们见证了许多生离死别，体验了隔离、封楼、管控、静默等各种各样日臻完善的疫情防控措施，为奋战在一线的白衣天使们感动地流过眼泪，为社区工作者、志愿者的默默付出发出过无数次的赞叹。

钟南山的名字一夜间响彻四海，他以80多岁的高龄，临危受命，挂帅亲征，院士变成斗士；李兰娟，第一个提出"武汉封城"的人，带领团队研发疫苗，呕心沥血驱赶疫魔；还有陈薇、张文宏等专家、学者，他们在大疫来临时，像夺目的阳光，给人以温暖、信心和力量，成为全民景仰的抗疫明星。

两年多来，疫情走了又来，来来回回，按下葫芦起来瓢，像赶不走的魔影，如影随形，所有人不知不觉都投入到这场全民抗疫的行列：一线的医务人员，让救死扶伤在一个特殊的时期拥有了更加沉甸甸的分量。据澎湃新闻不完全统计，新冠肺炎疫情发生以来，截至2022年

4月，全国至少有59名医务工作者殉职，其中，湖北有32人。还有那些全年无休的公安干警，那些熟悉又陌生的社区工作者和志愿者，宣导、安抚、买菜、送水，就像是一个万能的保姆，全天候服务。我一个做杂志主编的朋友，因为小区内有确诊患者，就按规定居家办公，她说，自己除了审稿就是读书，最让她心疼的是社区做核酸的人员，每天会上门采集核酸，有时候夜里凌晨还在工作，不禁感叹："他们太辛苦了，我们老老实实待在家里就是给他们减压。"我在一个新疆朋友的微信圈里，看到一位穿着防护服的姑娘，在楼栋门口，一边跳着新疆舞，一边劝返着几个想走出封控区的居民，虽然从头到脚全副武装，看不清真实面容，但是她把乐观融入枯燥的工作，用幽默化解居民的焦灼，让人有一种别样的温暖，无言的感动。

一段时期以来，不管叫德尔塔，还是称奥密克戎，新冠肺炎病毒带给许多人惶恐，甚至对工作和生活造成了极大影响：订单减少了，生意难做了，旅游取消了，无法回家探望父母了，行动不那么自由了，做核酸就像吃家常饭一样……随着许多国家采取任意放纵的"躺平"政策，中国却一直坚守以人民为中心的积极、主动的防疫政策。细想，两害相加取其轻，国情不同，国体不同，暂时的不便，是为了更恒久的安宁，我们只需自觉遵守疫情管控的要求，做好自身防护，最大限度降低风险，就是最得体的顺势而为了。

做完核酸，我来到大门，看到门口的保安正一一向进入小区的业主说："请扫码进入。"时不时给不愿扫码的业主耐心地做说服工作。他努力地挺直身板，可我依然从他疲惫憔悴的容颜中，看到了他的劳累，他和许许多多小区保安一样，看似简简单单，实则作用不凡。正如一颗一颗的小星星，只有微弱的光亮，但汇聚在一起，就能擎起一方璀璨的星空。

月亮探出了头，快到中秋的月亮，似圆非圆，播撒着安宁，很是抚慰人心。月光下，幢幢大楼，早已是万家灯火，释放出恬静柔和的光晕，在楼道里等电梯，听见一楼房间传出悠扬的钢琴声，还有偶尔几句我听不懂的客家方言。我知道，每一扇窗子里都在上演着不一样的故事，但有一样是相同的：唯愿疫情早日消影匿迹，唯愿家家祥和，人人安康。

慢品人生，边舍边得

不知不觉，已经要到花甲的年岁。

尽管岁月的风霜还没有劈头盖脸地在我身上打下明显的印记，尽管自己仍然怀揣一颗年轻的心，尽管自己的精气神还没有年轮的逼仄，但是所走过的路，经历过的事，总是会留下痕迹，或浓墨重彩的；或轻描淡写的；或精彩，或沮丧，故事不少，感受过事业的起起伏伏，体验过情感的磕磕碰碰，有自得其乐的满足，也有不如人意的遗憾。随着年龄的增长，细数过往的种种，突然顿悟：自己拥有的不是在溜走的岁月里得到了多少，而恰恰是两次急流勇退成就了今天的生活幸福，那是一份无意中给自己未来的留白，却成为打磨过后让生活更圆润的节点。

回望走过的足迹，我自18岁参加工作，先后在党政机关、群众团体、国企、民企等8个单位工作过，地域从新疆到广东；行业从金融业到制造业；步履涉及体制内、体制外；经历也算丰富，虽谈不上绚丽多彩，但有滋有味。最激动的是19岁，第一首散文诗在《喀什日报》

刊出;最自豪的事情是 1986 年至 1988 年,用三年时间完成了结婚生女的家庭重任,而且通过参加高等教育自学考试取得新疆大学汉语言文学专科证书,并取得全地区文学概论第一、哲学第三的好成绩;最给力的事情是参加了联合国"妇女参与发展"项目在新疆疏附县的实施,并应邀到山西太原给国内第二批实施同样项目的人员授课;最难忘的事情是参加喀什地委党校 95 级中青班,从学习到赴山东考察,曲阜孔庙、蓬莱仙境、泰山日出……一路风景如画,一路温暖如春;最开心的事情是 4 次带队参加农行新疆分行的业务技术和各类知识竞赛,没有一次空手而归,赛后和小年轻一起喝酒唱歌……当然也有不少纠结和愤懑的事情,似过眼云烟随岁月的微风飘散了。周边朋友同事问我最得意的人生轨迹,我思来想去,答案是懂得舍弃与舍中得。

第一次舍弃,是 1997 年 11 月,30 岁出头的我,在喀什地委组织部工作了快两年,按照干部选拔任用条件,我的履历很不错:有三个以上基层工作岗位经历;有地委党校中青班的学习经历;还是女性,当时县市各班子都在配备女性干部,正当大家都很看好我等待提拔的时候,因为考虑先生常年在高原边关工作,孩子无人照顾,我选择了调往当地农业银行工作,做一名普通秘书,很多同事朋友不理解,认为我放弃了大好政治前途太可惜了。其实,我在选择时也是进退维谷,很是纠结了一番的。但是越到后来,越体会到这种放弃很值,因为我有更多的时间照顾上有老、下有小的家庭,不仅解除丈夫的后顾之忧,让他能一门心思扎根高原,安心驻守高原边关,后来也算事业有成,成长进步为一名基层海关关长,在雪域高原有所作为。伊尔克什坦海关在他任关长期间,负重前行,团结进取,荣获全国文明单位荣誉称号。他本人因带队先后破获三起羚羊角走私案,于 2011 年荣获由国际野生动物保护协会、中国野生动物保护协会、中华环境基金会联合颁发的野生动物保护杰出卫士奖。女儿的学习和教育我倾注了很多心思,她大学毕业后顺利考上国家公务员，在工作岗位上勤奋好学，业绩突出，成为业务骨干，加之又多才多艺，多次获得荣誉，小两口用"共同奋斗"书写"青春注脚"，近期获得公安部直属机关最美家庭荣誉。

第二次舍弃是2011年，47岁的我，任农行喀什分行综合办公室主任，综合考虑各方面原因，我没有丝毫犹豫地主动打报告要求提前离岗，退居二线。虽然待遇和在岗完全不一样，但是我一方面有足够的时间照顾重病的老母亲，一方面也让自己疲惫的身心得到持续的休养。几个月后，喀什瑞通公司的老总再三邀我去帮助他打理公司事务，我有机会了解民营企业的管理方式和运作规律，也摸索了国有企业管理的方式如何有效运用到民营企业的一些思路。2014年定居广东惠州，应朋友陈涛董事长邀请加入胜宏科技做行政主管。

如果说第一次舍弃的结果是可以预见的，虽然失去了走仕途的风光，但拥有了家庭的和谐；那么第二次舍弃的结果是当初完全意想不到的，它让我拥有了离岗后在体制外的平台上发光发热的机会，接触到完全不一样的工作生活圈。8年多，我有幸参与胜宏科技在创新创造的路上如何攻坚克难、阔步前行；亲身经历公司如何从2000多人扩展到9000多人，产值从10.8亿元攀升到2021年的75亿元，还有机会在不久的将来见证百亿目标的实现。这种收获，让我在一个全新的地域认知了全新的领域，同时认知了自己，也不断提升了自己。

这种认知，让我更加懂得了努力的意义、付出的快乐、真情的可贵，感悟到民族工业成长的不易，体验了智能制造带来的强大冲击力，内心充满着知足和感恩。

"舍得舍得，先舍后得"，没有当初的舍弃，就没有今天的这份收获，更没有如今置放得体的心境。

重阳话养老

重阳节，朋友圈里塞满了各种与重阳有关的海量信息，有登高的，聚餐的，祝福的，回忆的，伤感的，古代诗词里描写重阳节的经典佳句也在这天轮番亮相；微信里也是接踵而至的美好祝愿。说着九九，想着久久，是每一位老年人发自内心的期盼，都希望人生的秋天和季节的秋天一样，是风景而不是累赘和负担。

有人说：我们1950、1960年代出生的这辈人，是孝敬父母的最后一代，也必将是被儿女抛弃的第一代。这话听起来残忍，但是仔细分析是有道理的。

先说我们的老人。我们同在广东定居的朋友同学，大家在一起聊天，感觉最棘手的事就是老人的赡养问题，几家情况大体相同：老人都是耄耋年纪的单亲，有三到四个兄弟姐妹，基本按照有钱出钱，有力出力的原则解决老人赡养问题。有的是老人自己有房，几个子女轮流上门照顾或者请保姆照顾；有的是老人轮流去几个孩子家居住；有的是固定住在一个子女家，其他子女每月给生活费或者护理费。因此也会引发一些问题，我们多是 60 多岁的人，身体机能开始退化，有的还患有疾病，由于兄弟姐妹不在一个城市，为了轮流照顾老人，就存在"小老人"为了孝敬"老老人"，时不时长途奔波，夫妻分居一段时间；身边有两家朋友就是每年夫妻有一个要去千里之外，照料老人几个月；即便夫妻在同一座城市，一个照顾老人，一个去儿女家帮助照看孙子辈，也只能一周见一次面。由于都是上有老、下有小，为了照顾老人的事，还会时不时引发兄弟姐妹之间的矛盾，这样的生活，严重影响了晚年的生活质量。

再看我们自己的养老。我们的孩子都是独生子女，随着年纪越来越大，终有需要被照顾的时候。我们几家谈论此事，大家的共识是：不能像我们的父辈依靠我们一样去依赖孩子，不是我们的儿女不孝，因为我们深知其中之难，几个孩子照顾老人都很成问题了，更何况一个孩子呢，他们承受的压力远比我们更重：既有现代社会竞争激烈的职场压力，又有买房买车养育后代的经济压力；加之都是独生子女，还面临一对夫妻需要面对赡养四个老人的力不从心。我们相熟的一位独居的老大姐，70 岁出头，丈夫走得早，独生女成家后忙工作、忙孩子，她身体不太好，不忍心总是打扰女儿的生活，有两次犯心脏病都是自己拨打"120"电话，直接由医院派来救护车拉去救治。

面对老龄化趋势，养老问题已经成为社会保障服务面临的一大课题。政府在不断完善养老机制，把"老有所养"作为民生工程，与养老行业相关的商机也应运而生：高端养护院、社区养老模式、名目繁多的各类养老机构，以及与养老相关的家政、康养服务，为我们晚年养老提供了很多方便。但是，由于我国养老服务仍存在不均衡问题，高端养护院门槛较高，普通养老机构的服务不够完善，服务水平总体不高，还面临着床位不足、护理人员短缺的问题，所以居家养老应该还是大多数老人的选择。

目前，我们有不少固定居住在西北的同事、同学，很多选择候鸟式养老，每逢冬季，到海南、广东等气候暖和的地方，租住公寓，三四个月后，再回西北。还有一种很时兴的"抱团养老"方式，我们十多家亲友正在推行。比如：我们有5家退休后就把房子买在同一小区，平日里各忙各的事，空闲了，不是去这家小聚，就是去那家团圆，要么抚今追昔，谈天说地；要么打牌下棋，结伴出游；要么喝点小酒，品尝美食；就是生病了，送饭、陪伴也相互可以照应，很大程度上减少了对孩子的依赖，也让我们晚年生活过得丰富多彩，有滋有味，值得借鉴。

第三辑　淡然有致

女人中年　当享"三然"

都说女人是最经不起岁月折腾的。

可不是吗？曾经紧致细腻的皮肤慢慢爬上皱纹；曾经亭亭玉立的身材慢慢变得臃肿；曾经清澈的眸子少了往日的光亮，曾经浓密乌黑的头发开始打结脱落……

可是不管你是否乐意，不论你心有不甘，中年会不唤自来。

时光荏苒，岁月如梭，所有女人都会在不知不觉中迎来中年；春来秋往，斗转星移，每个女人都会在忙忙碌碌中走进中年。

人到中年，当我们盘点经历的桩桩件件，一切历历在目，有收获的欢喜，有失落的悲伤；人到中年，当我们细数难忘的点点滴滴，一切有滋有味，有的甘之若饴，有的堪比莲子。

有人感叹"人到中年万事忙"，有人自嘲"人到中年万事休"，可我觉得，女人到了中年，应该是女性人生的第二个黄金期，是一段成熟通透的年华。犹如经历了朝气蓬勃的春光，走过了热情似火的仲夏，来到郁郁葱葱的茂密森林，沐浴秋天的风和日丽，看果实满枝，听鸟儿吟唱，任暖阳挥洒，用一颗安然淡定的心灵品享属于中年人才有的"三然"——淡然、坦然、悠然。

淡然——生活的态度

人到中年，激情会逐渐褪去，在单位，不会汲汲营营于名利，不会为升不了职位睡不着觉，不会为评不上职称找领导吵闹，也不会为瞧不上的人发达而感到愤懑，更不会为谁说了自己的坏话大动肝火，偶尔会怨天尤人，说完了该干啥还干啥；在家里，不会轻易为老公的某句不经意的话伤感落泪，不会为一点小事和丈夫针锋相对地辩论、非要论个你对我错，也不会为家长里短错综复杂的人际关系焦头烂额，对待喜悦和欢笑欣然接受之，对待委屈和误解也欣然接受之。因为我们已经从后知后觉、当知当觉中学会了先知先觉，知道了人生的不易，懂得了改变可以改变的，适应不能改变的，自然就少了一些浮躁，多了一份从容；少了一些功利，多了一份淡然。

坦然——生活的境界

人到中年，岁月会催老我们的容颜，不经意间发现两鬓的白发很刺眼，哪一天突然感觉会忘事，但时间却充盈了我们的内心。在陀螺一样为生计奔忙劳碌中，在孝敬长辈相夫教子的责任下，经过柴米油盐的烟火熏染，经历甜酸苦辣的世事变迁，特别是在经历了婚姻变化、送别亲人、离别同事等透彻心骨的剧痛后，蓦然回首，发现自己的双肩已经打磨出了厚茧，内心逐渐变得有了韧性。这份韧性，使我们能坐看庭前花开花落，闲望窗外云卷云舒。面对生活，少了一些抱怨，多了一份包容；少了一些纠结，多了一份坦然。

悠然——生活的情趣

人到中年，要有好好为自己活一把的魄力。工作再忙，家务活再多也要挤时间、忙里偷闲，培养几项有利于身心健康的生活情趣：抑或是衣柜里几件质地不错的衣衫，时不时让自己光鲜亮丽一番；抑或是书架上几册喜爱的书籍杂志，时不时汲取知识的营养和智慧；抑或是动笔写写自己的心灵感悟，让小我和大我进行沟通和对话；抑或是参加喜爱的体育运动，让身体在运动中放松释然；哪怕是学几道拿手的菜品，可以在家人和亲朋面前秀一下厨艺；当然还要有几个知心姐妹，可以相约去咖啡馆聊聊心里话，到美容院去抓一回青春的尾巴，到电影院看一场喜爱的大片，还可以来一场说走就走的旅行，去领略祖国河山的壮美秀丽，去国外体验一下异国风情。有了生活的情趣，中年的女人少了一些计较，多了一份优雅；少了一些劳碌，多了一份悠然。

女人要做到淡然、坦然、悠然，是需要有底气的，底气从哪里来？要有独立自强的内心，可以盛得下欢乐，可以吞得下委屈；要有"学到老、活到老"的习惯，让自己在不断学习中与时俱进；要有善待自己的习性，"以养花之情自养，则风情日闲；以调鹤之情自调，则真性自美"。只要心有所愿，总能找到适合自己的方式，在热爱的事物里汲取正能量，让自己的底气与年龄成正比。

淡然的生活态度，会让女性的中年增添平和的气度；

坦然的生活境界，会让女性的中年增添从容的气息；

悠然的生活情趣，会让女性的中年增添优雅的气质。

让中年女性在经历了"无可奈何花落去"的伤感后，去拥抱"似曾相识燕归来"的喜悦，这份喜悦似一束光，温暖自己，照亮他人。

自己亦是风景

　　一天，军人出身的小伙伴给我说，他的战友给上市公司大老板开车，老板是老乡，后来在老板的扶持下，承揽公司的工程，战友慢慢也发达了，买了150平方米的房子，开着奔驰车，组建了自己的公司，在市中心租了写字楼，还在办公桌上看到几份待签合同。我问："你羡慕他吗？"小伙伴毫不犹豫地回答："不羡慕呀！我觉得我自己现在也挺好的，在一个美丽的城市，有一份稳定的工作，有一个很好的主管，自己过得很开心。"

　　茫茫人海，芸芸众生，我们每一个人都是这沧海一粟，是浩渺星空中的繁星一点，是离离草原上的小草一棵。从20世纪60年代讲究根红苗正，到70年代崇尚学历，到80年代热衷出国，到90年代追逐财富……再到如今的多元选择，几乎每天都上映着各种人生悲喜剧，但是，也存在一个现象：就是我们往往喜欢眼睛向外，总是羡慕别人，有的人羡慕同学做了高官，有权有势，呼风唤雨；有的人羡慕邻居做了老板，财大气粗，生活奢华；有的人看见别人家的孩子比自己孩子优秀，成绩好，特长多。

这样算来，好像人的一生一直在比较中度过：少年比出身，长大比学历，成家比财富，中年比孩子，老来比长寿……

在比较中有的骄傲，有的沮丧。当然，也有不少人像这个小伙伴一样，在平凡的岗位上体会履职尽责的荣光，在平淡的生活中感受点滴生活的美好。

这让我想起了很早读过的一个故事：一个年轻的丈夫，每次和妻子生气吵架，都会到阳台上眺望对面人家的后院，越看越觉得人家的妻子长得好看，身材很棒，忙碌的身影很美，后来他终于和妻子离婚了。几年后，他和第二任妻子依然过得不舒心，又跑到阳台上看对面人家的后院，发现对面人家也换了女主人，看起来各方面比之前的还要好，于是每天都要看，越看越觉得新女主人有一种说不出来的韵致，不禁抱怨：怎么好女人都到对面人家去了呢？一次无意中得知，对面人家的女主人正是自己横竖看不顺眼的前妻，他傻眼了，大彻大悟地感叹，原来总觉得别人家后院的风景很美，现在才明白其实最美的风景在自己家里。

还看到过这样一则报道：北京某个四合院里住了两家人，张家的两个孩子学习很好，都考到国内一流大学，因为成绩优异接着到美国留学，后又在美国工作、成家；李家两个孩子，从小成绩就不好，因为考不上大学，一个做了出租车司机，一个进工厂做普工。一直以来，张家都以孩子为荣，李家很是羡慕张家。可是，若干年后，两家父母逐渐老去，张家孩子几年难得回国看一眼老人，而李家的老人几乎每周都有孩子陪伴，尤其是逢年过节，张家房屋只有老两口，冷冷清清，显得空荡荡的；李家却是热气腾腾，儿孙满堂，充满着欢声笑语。这回反过来是张家羡慕李家了。

两个凡人小故事，揭示了人生大智慧：富人有自己的潇洒，也有他们的烦恼；官者有自己的辉煌，也有他们的艰辛；百姓有自己的惬意，也有他们的不易。我们需要感知的是，无论职位高低，无论钱多钱少，无论男女老幼，每一个人都有一个诗和远方的故事，每一人都是独一无二的风景。

想起了现代诗人卞之琳那句脍炙人口的诗句："你站在桥上看风景，看风景的人在楼上看你。"

最好的教育

　　每年高考结束后，就是学生和家长们心心念念等待各类录取通知了。可以想象，考上好的大学的学生家长那种欢欣鼓舞，光宗耀祖的感受，考不上的学生家长又开始忙碌找门路，想办法让孩子重读或者出国学习，对孩子的教育成败似乎浓缩在这一张小小录取通知书上了。

　　家长们的担忧是无可厚非的。孩子寒窗苦读为的就是一朝金榜题名。考上好的大学就意味着以后会有好的就业条件，能找到好的工作，有好的工作就能有安身立命的基础了。

　　所以，多数家长都会认为，好的教育的衡量标准就是升学率、名牌大学录取率。但是，成绩真的能说明一切吗？

　　我想起十几年前我的一个朋友告诉我的一件事。朋友是我们当地市里一所重点中学的教导主任，有一年，她所在的学校有名家庭困难的学生考上了梦寐以求的北京大学，学校为之骄傲、老师为之欢欣，举办了欢送会，当场有企业家资助这个学生所有路费学费。"可是，当这个学生发表完感言后，我的心一下子凉透了。"朋友如是说。原来，这个给学校挣足了面子的学生在感言中自始至终强调个人如何努力刻苦，没有半句对学校和老师的感谢。后来，有人问起当年这个红透全市的学生的状况，我这个朋友说："这个学生自从上大学走了就杳无音信，既没有来过学校，也没有去拜访过任何老师，但是，我认为这个孩子不见得能混得多好，一个不懂得感恩的人，学习再好、本领再大都是走不远的。"我们都非常赞同这个朋友的观点。

我女儿上小学时，一天家里来了一位老友，带了一个比女儿小两岁的小姑娘，女儿就约了楼下的同学一起带着小妹妹去院子里玩，不多一会女儿哭着跑回家，后面跟着小妹妹，小妹妹左手紧紧握着血流不止的右手食指，女儿告诉我们，楼下的同学在玩耍中把小妹妹的手指夹伤了，我问："同学呢？"女儿说："看见妹妹受伤了就跑回家了。"我一把拉着小妹妹，直接冲到楼下敲开女儿同学家的门，开门的是妈妈，我问："你女儿不小心把我家客人的孩子弄伤了，她有没有跟你们说？"妈妈说："没有。"我一下子火冒三丈，直接大声追问孩子："为什么惹了祸就跑？跑回家为什么不告诉家长？"然后掉过头跟那位妈妈说："孩子无心做的事，家长理应承担后果，请你们和我们一起带着小妹妹去医院。"那位妈妈只好和我们一同去医院，陪同做完检查诊治，主动付了所有医药费。后来，我老公说我有点小题大做，我说："我生这个孩子的气，不是她夹伤了小妹妹，是要让她知道，自己做了无法承担后果的事，不能一味逃避，而是要寻求父母的帮助来解决。"

最近看到一篇文章，感触极深。文章讲了一个故事：作者在芝加哥候机时邂逅一位美国妈妈，聊天中得知，她有一个很难教育的儿子，只会不断地索取，不愿意遵守规矩。儿子的口号就是"我的人生我做主"。确实，在美国的法律中，年满 18 岁就可以对自己的人生做出选择。所以这个儿子在高中的后两年不听父母劝告，浪费了很多时间，高中毕业后，儿子要求父母出钱送他去他向往的私立大学。结果，这位美国妈妈拒绝了儿子的要求，她语重心长地说："你已经到了为自己的行为负责任的年龄了，你原本可以拿到奖学金，但是你更愿意按你自己的方式学习和生活，我们尊重你，所以到了今天，你得为自己的行为负责，去教育质量相对差、学费便宜的社区大学学习两年。这两年中，你所有得 A 的课程我们为你出学费；得 B 的课程我们出 2/3 学费；得 C 的课程出一半的学费；C 以下的课程你自己付学费。你可以通过打工或者贷款获得你所需要的钱。如果你能在这两年中表现出对自己负责的能力，我们再谈转私立大学的可能。"作者当时问这位妈妈："这样做，难道不担心孩子失去更好的接受高等教育的机会吗？"这位美国妈妈严肃地说："学会为自己负责，是最重要的课程，如果上社区大学能让他学到这门功课，那社区大学对他而言就是最好的大学。"

关于教育，一直都是最热门的话题，而且对待每一件事情的态度、观点应该也是五花八门，莫衷一是，学校、老师、家长都倡导素质教育，德智体美劳全面发展。为了孩子的全面发展，各类补习和兴趣班随处可见，为了孩子不输在起跑线上，家长自己省吃俭用都要想方设法加大孩子的教育投入，但是，我们在千方百计为孩子创造日益优渥的教育条件的同时，不要忘了什么才是真正的教育——那就是让孩子学会对自己的行为负责。

对自己的行为负责，是孩子走向社会安身立命的根基所在；对自己的行为负责，是孩子成家立业贡献社会的责任使然；对自己的行为负责，更是莘莘学子实现梦想的永恒底色。

与生活讲和

　　我有一个闺蜜，从小学到中学一直是一个班，她考上护校毕业后就在医院工作，凭着扎实的专业技能、热情干练的工作作风，做到护理部主任。我上了财校，毕业后干了几年会计就改行做行政了。我们平常走动不多，但是只要两个人凑到一起就有说不完的话，我有个头疼脑热的，会直奔她那里，挂号、就诊、缴费等都由她代劳，而她如果有事找我，一个电话我也办得妥妥的。我们的同学都知道我们背后的故事："文革"期间，我的父亲是被批斗的对象，而她的父亲则是造反派头目，两家大人是结过怨的。虽然家长并无往来，当两个小姑娘分别带着对方去各自的家玩耍时，家长们都没有怠慢我们，反而很支持我们做朋友。我们的友情和我们的身体一起茁壮成长。还有一对同学和我们情况一样，由于家长反对孩子们来往，原本相处很要好的小伙伴慢慢就形同陌路了。有同学偶尔拿我们调侃，我们都会坦然地说："父辈的恩怨本来就不应该让我们背呀。"现在想想，其实家长用最朴素的行动，教会我们处世为人的一个生活哲理——与生活讲和。

一个朋友说起一件事：她的同事在一个条管单位做中层主管，一直任劳任怨，从不向组织提出任何要求，由于老人孩子都去省会城市定居了，丈夫也已经退休，所以就联系到省城一个单位，眼看着一家人可以团圆了，可是调动事宜却被新来的领导强行阻止，许多人百思不得其解，一个距离退休还有 3 年的干部，也没有再升迁的希望，这样调动的机会不可能再有了，领导为什么阻拦？原来，究其原因，因为不知道能不能办成，她联系调动前没有事先给领导报备，领导心存芥蒂，坚决不放人。当大家都愤懑不已时，当事人淡淡说了句："走不了算了，3 年很快就过去了，退休了就能和家人相聚了。"听了这事，我发自内心地佩服朋友的同事，在这样的人生节点上有如此难得的机遇，却遭遇如此的不公，能很快接受现实，用淡然的态度与生活讲和。

细细思量，人的一生，谁都不可能一直顺风顺水，必然会遇到这样那样的挫折甚至是磨难，古今中外，概莫能外。有鲜花簇拥的高光时刻，就会有两脚泥泞的尴尬时候；有收获的欢笑，也一定会有耕耘的汗水。如果人生只欣然接纳成功、权势和财富，而拒绝接受失败、卑微和贫穷，遇到逆境就怨天尤人，那就永远不会感到快乐，甚至心怀仇恨，有的还会以身试法，从受伤者变成伤人者。凡此种种，归根结底就是不懂得与生活讲和。

与生活讲和，说起来容易做起来难，正因为难才需要我们破解和学习。不论是怀才不遇的烦恼，还是身患重病的痛苦；不管是有理难辩的委屈，还是遭人暗算的气愤，只要事情已经发生，我们就要发自内心地接受现实，改变可以改变的，承受无法改变的，对于误解或伤害，原谅他人，其实就是放过了自己。

与生活讲和，可以让我们正确面对生老病死的人生常态；妥善处理家庭与情感的是是非非；理性认知金钱与精神的永恒话题；是一门值得终身学习的人生课。

冷暖自知

前不久，几个老友相聚，说起共同认识的一位领导，这个领导身体一直很好，性格也开朗，却在退二线没多久，突发心梗离世，大家在唏嘘的同时，不免发出离岗后心态问题的感叹。

许多刚从单位离岗的同事朋友，经常会被问起，不在岗位了，是否体验了"人一走茶就凉的滋味？"

静心独处时也扪心自问过：人走了，茶真的凉了吗？

表象上看似乎是真的，不是吗？来往走动的朋友少了，在岗时围着你转的同事少了，找你帮忙办事的人少了，有事没事打电话聊天的人少了，微信朋友圈关注点赞的人少了，你可以沟通感情诉说心里话的人少了，就是原来和你掏心掏肺的挚友或者闺蜜也会很久没有联络，甚至不会有一个电话……这样看来，好一派世态炎凉的景象。

其实，从本质上探究还真的不是那样。"人一走茶就凉"本身就是一种生活的常态，就如用滚烫的开水沏一杯茶，如果不及时续上开水，半个时辰后自然由热腾腾到温吞吞、再到冰冰凉，即便是最高级的保温杯，热度也会在十几个小时后消失殆尽；不论多么名贵的茶叶，连续泡了几回后也要换新茶才有香气，否则就会寡淡无味了。

人生如茶，茶如人生，世态亦如此，所以才会有"世态炎凉"的成语。如此看来"人一走茶就凉"不仅完全符合自然规律，而且也非常契合人生境遇。如果不能正确认知和接受生活常态化的现象，工作生活中的许多烦恼也就因此而产生了。我认识的不少朋友从领导干部位置上退下来后，首要破解的就是正确看待"人一走茶就凉"的问题。

人生犹如四季，有三月的鸟语花香，就有九月的枯叶狂风，有夏的火热，也会有冬的寒凉。每一个人，一路走来，既能欣赏到不同的美景，也会体验到不同的艰辛，看到美景，心旷神怡，遇到艰辛，"常想一二"。在岗的时候，尽职尽责，用心体味领导的信任、组织的帮助、同事的理解、朋友的关注，去收获成就和喜乐，把烦忧和委屈当作生活的催化剂和成长的必修课，让工作和生活在烟火熏染中变得有滋有味；离岗了学会转变角色，不该想的问题不去想，无须操劳的事情不去管，或者好好休息休息，体验一觉睡到自然醒的慵懒；或者干一点自己喜欢做的事情：比如打球、钓鱼、养花、下棋、旅游；或者含饴弄孙，尽情享受天伦之乐；或者时不时约三五个老友、同学相聚，小酌几杯，调侃几句，也是别有一番天地。

这让我想起"费斯汀格法则"：生活中的 10% 是由发生在你身上的事情组成，而另外的90% 则是由你对所发生的事情如何反应所决定。同样是离岗，有的人很开心，把生活打理得井井有条；有的人则不适应，感觉生活没了目标，无所适从，甚至不愿意见到以前的同事朋友。就这个事情而言，离岗是已经发生的事情，烦恼则来自对不能改变的事物的看法了。

所以，没有必要感叹"人一走茶就凉"，最好的心态就是随遇而安，茶热时适时端起，茶凉时自然放下。有机会喝着热气腾腾的茶，就要懂得珍惜拥有，待到茶凉时，不会抱怨，懂得取舍，需饮茶时且饮茶，得放下时且放下。

离岗了，在岗的热茶自然会凉，在家里，可以泡上属于自己的清茗，可以不浓烈，只要对胃口；可以不高档，只要有温度。

农村大婶的三句话

偶然间看到一篇文章，说的是一个农村大婶送给准备出嫁女儿的三句话，不仅好记易懂，而且印象深刻，三句话言语朴实但哲理深刻，散发着泥土的芳香，充满了智慧的味道。

第一句："爹有娘有还得自己有，夫有崽有也得自己有。"这句话告诉女儿一切要靠自己。农村大婶有这样的看法实属不易。一看爹有娘有：我们每个人来到世上，面临多种多样的选择，但有两件事情是不能自己选择的，一是父母，二是时代。有的人因为父母创造的条件好，从小生活优渥，衣食无忧，有的人上大学的费用都要靠勤工俭学，但是无论如何，父母给予孩子的只能是一时，不可能一世。如果孩子不争气，给他金山银山也会坐吃山空；如果孩子有本事，自己就能挣来金山银山。所以现在许多富有的家长会有意识锻炼孩子独立自主的能力。前不久，一名女大学生来我们公司实习，她的父亲是一个集团的董事长，要求女儿实习期间和普工一样待遇，住集体宿舍，吃员工餐，每天下车间一道工序一道工序地学习，还要写出实习日记，几个月下来，人瘦了一圈，但是目光中多了份自信，她最大的体会不仅是懂得了生产流程，更感受到父母创业的不易。二看夫有：随着社会进步，越来越多的女性认同"干得好才能嫁得好"，这个干得好既指女性在外和男性一样打拼事业，也可以指在家有相夫教子和操持家务的看家本领，如果只会坐享其成，即便是感情再好的夫妻，也经不起岁月的打磨。三看"崽有"：虽说是"母凭子贵"，但是孩子有的东西给你就是你的，不给你就不是你的，父母可以养活几个孩子，几个孩子养不了一个老人的悲剧现实生活中也曾有发生；有时候孩子给你的不一定是你想要的，有的孩子发达后要接父母去大城市享福，可老人还是习惯住在自己农村的老屋，图的就是一种自有的安心和自在的踏实。

第二句："有货没货肚子里要有货，有本钱没本钱肚子里要有本钱。"这句话教育女儿要有知识、有本事。其含义和"腹有诗书气自华""满腹经纶""若有诗书藏于胸，岁月从不败美人"等诗词成语有异曲同工之妙，其表述很接地气。作为女性，最大的本钱不是颜值，是有安身立命的真才实学，哪怕做全职太太，肚子里有货和没货也会有泾渭分明的差别。说起腹有诗书，我最尊敬的是央视一姐董卿，看她主持的节目，就是享受精神大餐，仪表大方得体，优雅美丽，口吐莲花，妙语连珠，知识在她身上折射出来的光华随着岁月的增加更加光彩夺目，可以说知识就是董卿最大的本钱，这个本钱不会因容颜老去而贬值。所以，当女性像打扮自己外表一样打扮内心世界时，便可以在这个世界里游刃有余了。

第三句："吃多好吃少好有吃的最好，穷也乐富也乐心乐最快乐。"这句话引导女儿要有阳光乐观的心态，懂得知足常乐，让人感受到满满的正能量，不仅有一种知足常乐的心态，还有一份超然脱俗的潇洒。我单位有一个司机，什么时候见到他都是一脸笑意，乐呵呵的，只有知情的同事知道，他6岁时父亲过世，7岁时母亲改嫁，由爷爷奶奶把他拉扯大，找工作、学技术、买房子、娶妻生子完全靠自己勤奋打拼，面对生活的艰辛，始终保持乐观心态，没有丝毫的抱怨。前不久和一位退休老领导聊天，他感悟道，人活一世，官做得再大，钱挣得再多，最终都要回归简单生活，衣有三尺布，食有三碗素，行有三里路，卧有三尺铺，乐矣！足矣！看来，不论何时何地，不论是贫是富，有一个好的心态就拥有了快乐的第一源泉。

　　一个没有上过学的农村大婶，用如此简单易懂的话语传授给女儿丰富的人生智慧，留给女儿的是一生的启迪，留给我们的同样是受益终身的财富。

幸福其实很简单

　　我的先生几个月前做了一个大手术，恢复期间需要严格控制饮水。一天，我沏了一杯绿茶，他看见透亮的玻璃杯内，嫩芽挺立，香叶绽放，便说："看着都香，等过一阵我能喝这样一杯茶那就太幸福了。"

　　一个几十年的老同学，和我们同住一个小区，我们经常一起散步，聚餐，他说："住在公园一样花红草碧、设施齐备的小区，儿子儿媳就在隔壁一栋楼，有事就叫，没事不扰，退休金虽然不多，但每月准时到账，每晚再喝二两小酒，这样的好日子到哪里去找呀！"脸上写满幸福，也许就是这样的幸福感，他比同龄人显得年轻许多。

　　幸福是一个抽象又很宽泛的概念，很多人的理解也是千差万别。但总体说来就是物质或者精神在某方面得到满足。可以说人的一生就是在不断追求幸福、获得幸福的循环往复的过程中度过。多数人认为，学业有成、事业辉煌、家业兴旺、追梦成功是幸福，这毋庸置疑，但是，细细品来，幸福其实很简单，它蒸腾在油盐酱醋的烟火气里；灵动在我们身边细细碎碎的感动里，只是很多人忽略了它。

幸福是一种感觉。它需要基本的物质做保障，如果对着一个食不果腹、衣不蔽体的人谈论幸福，那真是奢侈品了。但幸福不是靠财富来衡量的，因而它更需要精神的充盈做底色，有的人腰缠万贯却感叹"穷得只剩下钱了"，有的人粗茶淡饭却整日欢声笑语；有的人健健康康会愁眉不展，有的人疾病缠身却乐观向上。幸福体验感强烈的人，是那些欲求不高、知足常乐的人，幸福对他们而言，是雨中的一把伞；是烈日下的一杯凉茶；是小有成绩一个赞许的目光；是受了委屈一个温暖的拥抱……

幸福是一种开悟。我们常常会说"身在福中不知福"，这个"不知"就是自己的内心没有开悟，无法感知握在手里的幸福。只有经历了一些人和事，才会在某一个节点醍醐灌顶、瞬间开悟。面对亲友的生离死别，会感悟健康活着就是幸福；经历了身陷囹圄的禁锢，会感知自由就是最大的幸福。对于历经沧桑的人，幸福是千呼万唤后的蓦然回首；是风雨洗礼后的宁静港湾；是灯红酒绿后的返璞归真；是千金散尽后的一尘不染……

幸福是一种给予。当我们能用一己之力，对他人有所帮助，甚至对周围有正向影响时，更会由衷地感到幸福。比如：危难时刻的拔刀相助，灾情面前的挺身而出；靠捡垃圾去救助山区孩子上学的老人，一堂课多年后仍然让学生念念不忘的老师；公交车上给老弱病幼让一个座，走在路上拾起地面的空矿泉水瓶丢入垃圾桶；甚至是素昧平生的人迎面而过的一个善意的微笑……高尔基曾说："给总比拿要快乐得多。"这种快乐是幸福的源泉，汩汩流淌，滋养着他人，也滋养着自己，点点滴滴，积沙成塔，就能支撑起一座幸福的大厦。

幸福其实很简单：只要我们有一种热爱生活的激情，有一股坚忍不拔的毅力，有一双乐于助人的援手，有一颗慈爱善良的心灵，它就会在我们平平常常的日子里给我们一份满足，在忙忙碌碌的工作中给我们一份惊喜。

让心静下来

　　如果仔细聆听每人每天的对话，会发现"心"这个字出现的频率很高：见到喜欢的人叫"动心"；听到喜欢的歌叫"走心"；看到讨厌的事叫"恶心"；遇到可怕的事叫"惊心"；努力做事叫"尽心"；敷衍了事叫"漫不经心"；遇到委屈用"心酸"；感到痛苦用"心痛"；心情好时说"开心"；最常用的开导词是"要有好心态"。

　　心，有两种说法，第一种就是指身体的器官；第二种是心的意识功能。在如今信息迭代加速、物质极大丰富、选择日益多元的时代，面对生活的不如意，面对情感的波折，面对工作上的糟心，你是否心烦意乱？是否焦躁不安？如果是，那就是心出问题了，所以，不论第一种还是第二种，都需要给自己的"心"减压。

　　一天，我的闺蜜给我说，我们几家好久没有聚聚了，都不知道在忙啥？仔细一算，原来隔三岔五的聚会居然一年半载难得有一次了。不是这家有人加班，就是那家要送孩子去上课，忽然感觉，周围几乎没有不忙的人。大家都在忙，孩子忙上课，补课，补习班，兴趣班；年轻人忙着找工作，谈恋爱；中年人忙着挣钱还房贷，换车子；老年人忙着带孙子，打太极，跳广场舞；实在没事的也在忙着打游戏，刷抖音，发朋友圈，机不离手；没有一个是闲着的，就是出行旅游也好像就是为了完成任务或发个朋友圈，匆匆而来，匆匆而去，没有好好体验慢慢观景赏花、探寻逸闻趣事、追溯古迹秘籍的乐趣。这世界怎么了？是科技太发达还是时光太短暂？记得不知道哪个作家写过这么一句话"指缝太宽，时光太瘦"把时光溜走的速度形容到极致，人们争分夺秒地和时间赛跑，却不知有几人静下心来问自己，忙来忙去为了啥？

其实"忙"这个字从字面意义讲就是心亡了。有一则寓言故事很耐人寻味，说的是一个乞丐躺在沙滩上晒太阳，国王过来问他："你为什么不去打鱼呀？"

乞丐说："打鱼干吗？"

国王："挣钱买条船呀！"

乞丐："买船干吗？"

国王："打更多鱼呀！"

乞丐："然后呢？"

国王："可以成立一个船队挣更多的钱，你就可以衣食无忧地在海滩上晒太阳了。"

乞丐说："我现在不正是在海滩上悠闲地晒太阳吗？"

面对没完没了的劳碌繁忙，面对不断追逐的各种名利欲望，真需要有一个时间段，让自己的心静下来，不仅能够减轻作为身体器官"心脏"的压力，更是给操劳的"心"放一放假，给自己太满的生活"留白"，享受"心"的平和带来的宁静。

让心静下来不是说可以整天无所事事，而是涵养有所为有所不为的心境。需要奋斗时自当要发愤图强，但学会张弛有度，学会取舍有节，学会追求物质的同时，留一块净土给自己的心脏，因为物质上的富足永远满足不了精神上的缺失。人生的路很长，只有慢慢走，才能好好品味生存的意境；只有慢慢走，才能好好欣赏路边风景；只有慢慢走，才能好好体验生活的美好，才不枉来这个世界走一遭。泰戈尔有句名言："寂寞是一个人的狂欢，狂欢是一群人的寂寞。"人的一生，需要狂欢带来的酣畅，更需要留存一份寂寞，这份寂寞就是独享一种心灵的安静，完成自己和自己的心灵对话。

有一个长年练气功、喜欢佛学的朋友说过这么一句话，让我记忆犹新："身边有事心里无事大事变小事，身边无事心里有事小事变大事；身上有病心里没病有病也无病，身上无病心里有病无病也有病。"其实阐述的就是养生先养心的道理。人的心，虽然只有拳头般大小，当它强大的时候，其力量是无穷无尽的，可以战胜一切；当它脆弱的时候，特别容易受伤，甚至摧毁你的一切，可以说，一个人的心就是一个人的世界，一个人的一切。

既然心对于我们这么重要，就好好呵护它吧，而呵护的最好办法就是时不时让心静下来。

船过水有痕

南方的初冬，白天温暖舒适，夜晚会凉意瑟瑟，穿着外套都觉得有些冷飕飕的。

独自来到江边，我紧环着双臂，坐在江堤的长椅上，呆呆地望着江面，江水很安静，偶尔的风吹过，会有丝丝的涟漪，不一会，见一艘老旧的小船"突突"驶过江面，船尾划出很深的波纹，江面不宽，当小船驶过桥底，踪影消失后，江面又恢复了宁静，像什么事也没有发生。真是船过水无痕呀。

倏然想起爸爸讲过的一个故事：新疆生产建设兵团某师师长，"文革"期间被打成走资派，下放到猪场养猪，猪场有100多头猪，他除了喂饲料，清扫，每天喝的水都要他从很远的涝坝（蓄水的池塘）上去挑，很是辛苦。上海支边青年小王，出身寒微，勤劳善良，每天都会帮助师长挑，别人嘲笑他，怎么和走资派走得那么近？他说，就是看见他挑水很累，自己年轻力壮帮着干点活。小王在他人的冷嘲热讽下一直坚持下来，两年后，师长平反，重新主政。

师长把小王请到家里，问他有什么要求。小王说："想请两个月假，回家看看父母。"师长半开玩笑说："条件还挺高哟，人家请假最多一个月，你要两个月，太长了吧？"小王红着脸慌忙说："一个月也行。"师长郑重其事地说："那我也有个条件，你先去北京大学报到，然后再去看望父母。"小王蒙了，一时间不知说什么好。

原来，当年上大学不是通过高考，而是通过层层分配名额，由各单位保送。那年师部刚好分到一个北京大学的名额，师长直接推荐，将这个难得的学习机会给了这位没有任何背景的支边青年。据说小王大学毕业后给师长做了秘书，一直跟随着老领导成长进步。

这件事成为当时街谈巷议的热门话题。有人认为小王有先见之明；有人认为小王是走了狗屎运；有人则认为是小王本能的勤劳和善良成就了他的未来。

我们有个朋友李大哥，出生在高干之家，因"文革"期间父亲被下放改造，他的大学梦成了泡影，他便选择参军，成为一名铁道兵，在四川一个大山沟里修隧道，隧道里潮湿阴暗，又累又冷，他病倒了，身体虚弱，高烧不退，他就近找到施工地附近一个农家小院，见到一位农村大婶，大婶先给他熬煮了一服就地取材的草药汤，一小时后，他发了一身大汗，退烧了。接着，大婶又做了一碗热气腾腾的葱花面，绿油油的葱花浮在白花花的面条上，碗底还卧了两个香喷喷的荷包蛋，在那个年代能吃上鸡蛋简直是奢侈的享受了，他每每回忆起来都说，那是他一生中吃过最好吃的一碗面，那个香一想起来都会流口水。后来，李大哥从部队转业进了一个执法单位，通过努力，当上了领导。

时光流转。80 年代初期，李大哥有一次带队去四川出差，想起了那位大山里的大婶和那碗葱花面，便带着随从去了一趟当年修隧道的那座山上，事隔近 20 年，李大哥居然找到了那个农家，房屋与当年没什么变化，显得破旧不堪，变化的是大婶变成了奶奶，可是，任凭他怎么比画讲述着当年的故事，奶奶就是记不起来了。也难怪，她当年帮助的年轻小伙如今也步入了中年。李大哥询问了老人的生活状况，了解到老人最大的心愿是想把农家小院翻新一下，他将自己和司机、秘书等随行人员的钱包、口袋掏了个一干二净，总共有一万多元，全部塞给了奶奶，奶奶一辈子没见过这么多钱，诚惶诚恐的一再推辞后才收下，这些钱在当时的农村够盖一座新房了。李大哥事后说，我当初如果身上留有一分钱都会有犯罪的感觉。

类似这样善有善报或者因果轮回的故事很多，看似偶然，但蕴含着必然。人活一世，草木一秋，人人都会像船划过江面一样，不论驶过狭窄的峡谷，还是宽阔的江海，都会留下痕迹，这个痕迹会荡漾开来，一环又一环，在不知哪里的彼岸，画下休止符。

这个痕迹，是小王两年如一日挑水后获得的那张大学录取通知书；这个痕迹，是农村大婶艰苦年代的一碗葱花面幻化成一座新的农家小屋；这个痕迹，是奥运会跳水冠军全红婵每天四百跳苦练后的一夜爆红；这个痕迹，是无数爱心人士捐助的一所所希望小学里升起的五星红旗……

生活的痕迹人人会有，或粗或细；处处会有，或深或浅；时时会有，或美或丑。让美好荡漾在心海，让丑恶去打水漂吧。

时光的味道

——陈雪《时光印格》读后感

当我读完《时光印格》最后一页时，夜已经很深了。

窗外突然响起"噼噼啪啪"雨点敲打声，也敲打着我难以平静的心。作者后记最后一句"后记到此，我最要感谢的还是读完这些文字的读者"，让我掩卷沉思，有对作者谦虚态度的尊敬，更有内心自然外溢的一种感动，我默默在心里说：该说谢谢的应该是读者，因为作者交付给我们的不只是一本散文集，也是一餐散发着时光味道的精神食粮。

前不久，为了让我这个新惠州提升写作水平，多了解当地风土人情，惠州市作协邓仕勇秘书长送来两本书，一本是《希望的田野》，一本就是陈雪老师的散文集《时光印格》。

我没有见过陈雪老师，但是作为惠州市作协的会员，当然知道他是我们的主席，第一次读他的作品是在《东江文学》杂志上他的散文《西湖说岳》，主要讲岳飞的身世和在他遇害后家人被流放惠州的故事，内容丰满，有大家熟知的，也有很多不知的，看后余味回甘，让我们不仅能近距离了解岳飞，更知晓了岳飞家人与惠州结缘的脉络。

《时光印格》全书分四个部分，不论是行走的音符、时光的渡口，还是历史的沉吟、记忆的呓语，整部文集没有太多的修饰，很少有华美的辞藻，有些文字平铺直叙就像拉家常，但是可读性反而更强，就像一位老师给你讲述一个个寓教于乐的故事，读起来亲切自然有味道。

在他的笔端，所写的人物，个个性格鲜明。爷爷挂着父亲恶作剧写的"我是吝啬鬼"的牌子去赶集；舅舅吃饭喜欢先放进汤匙抹上调料再送进嘴里；妈妈想方设法积攒尿液用来浇菜；爷爷与下书房的难舍情缘；上大学第一天被彭校长抓差锤钉子；乡村那总是穿着发黄的白衬衣和露出棉絮的破棉袄的甘老师……人物鲜活得呼之欲出，朴实得如邻家大伯大妈，不张扬，不奢华，却是寻常百姓人家真实的生活写照。在艰苦年代，作者为了节约两分钱，饥肠辘辘徒步三十多里没舍得喝杯凉茶充饥，引得母亲簌簌落泪；父亲含冤被羁押期间，全村 70 多户人家，全部签名画押请求保释；几十个小孩子在围屋下挖"防空洞"，建造儿童乐园的创意，虽被大人骂得狗血喷头也乐在其中。一个个场景，像一幕幕年代剧，我在心酸之余，会滋生出一种温暖，丝丝缕缕在心中游走，这份温暖折射的是特殊年代里的那份真、善、美。

他擅长用散文的笔触阐述历史故事。从《官山阁的前世今生》到《文笔塔与丰湖书院》；从《佗城越王井》到《走过苏轼生命历程的三位女人》，都体现出作者深厚的历史底蕴，典籍故事，信手拈来，触角广阔，有的都清晰地写明出处。特别是把山狮、擂茶、土楼、围屋、瓦匠等客家人在建筑、饮食方面的传统习俗，在不少作品里自然而然地呈现给读者，如："所谓客家只是与土或主相对而言，先入为主，后到为客。客家先民在自北往南的路上，经历了迁徙、侨居、再迁徙、再侨居的主客更迭漫长过程"；"不管是闽西的土楼、粤赣的围屋，还是东江流域的四角楼，都可以从单体建筑、中轴对称、通廊贯穿、聚族而居的建筑风格看出客家民居的特色"。又如："举目仰视着高高的石旗杆……它是在为这片古老的土地和祖屋的后人竖起一面崇文尚武、自强不息的永恒旗帜，它还要告诉世人如何通过斑驳的旗杆去解读客家人的好学上进，不甘人后的华表经历。"有对客观历史的描述，也有作者有感而发的分析评论。这样的散文，更像是一部让读者了解惠州人文历史，了解客家文化的教科书。

他热爱故乡，多数文章都是描写家乡的人，述说家乡的事。文字中除了浓浓的对家乡草木山水、田畔路桥的再现，也体现出不怕揭短的真性情。在《周庄与佗城》一文中，他直言不讳地指出，周庄之所以"名扬天下，富甲天下"，是因为周庄人"善待历史、善待文明，善待社会和未来"得到的丰厚回报。反观自己的故乡佗城，他用两个逼真的人物形象来比喻两地的差距，"一个穿着唐装，扶着文明棍，打着纸伞的周庄，一个披着西装外套，文化衫上打着领带，穿着解放鞋的佗城"，此时，他内心故乡情结就不只是热爱那么简单了，同时糅杂着对当下的遗憾和未来的期盼。

笔下极度细腻是陈雪老师的鲜明特质，一如他专注的观察力。《西域行吟》中写维吾尔族舞者，简直是出神入化："小老头一左一右闪展腾挪，柔缓时如同水草摇曳生姿，刚猛时却似雪松遒劲挺立……一跃而起，腾空亮相，随即前腿缩抬，后腿屈蹲，两手向上一扬，瞬间又蓦地手掌触地，啪啪有声……"让生在新疆，长在新疆，也会跳一点维吾尔族舞的我都自愧没有这么深刻的领悟；在《来自土楼的天籁》中，"夜深了，更锣咣咣敲响，时断时续，划破沉寂，穿村入户，透过浓重的夜幕和厚厚的土墙，钻进了母亲和儿子的对话中"，把音乐所表达的意境用文字描画出来；"简单中有蓬勃，随意中显生机，这该是丝瓜最具内涵的意蕴"，寥寥几句，虚实相间，画龙点睛。这是驾驭文字的能力，更浸润着陈雪老师对生活细节深入骨髓的观察体验和潜心思考。

正如著名散文家和评论家周彦文在书的代序里精辟的总结："真情实感、真知灼见、真水文字"，"他的散文好在有料"。这"料"，带着时光的味道，细细品尝，我读到了艰难岁月的苦涩；成功收获的甘甜；针砭时弊的辛辣；面对无常的酸楚。读完后记，倏然想到一个经典句子：伏地的青蛙跳得最远，越是饱满成熟的谷穗越是低垂着头。

当代散文卷帙浩繁，我无法博览。我作为惠州市作协的一名新成员，学识有限，自然要从身边优秀的前辈学起，虽不敢妄加评论，但作为一名普通的读者，在读书后有感而发也是情之所至。

一代人有一代人的使命，一个时代有一个时代的印记。相信《时光印格》定会在一个绵长的时光里留下难忘的印格。

清风细语总相宜

——读周小娅《梅子黄时》有感

　　日式短发、棉布长裙，长围巾松松散散的护佑着瘦弱的脖颈和小小的脸颊。说话清风细语，脸上浅笑盈盈。初识小娅老师，是2019年秋，她与惠州市作协秘书长邓仕勇先生，受市退役军人事务局委托，前来胜宏科技采访陈涛董事长创业的事迹。两个多小时的交流，顿觉距离拉近不少，她是正宗的湘妹子，而我也算是她的半个老乡。作家、老乡，偶尔几句寒暄，感觉她是一个有故事的女子。

　　临别，她赠我一本《梅子黄时》，书页上题字落落大方，和人的娇小大相径庭。2月底才读完整本书，也许同为女性的缘故，比起读其他书感觉节奏慢了很多，因为总是要读一读，停一停，想一想，品一品。

　　《梅子黄时》分为浮世说、闲调子、爱能量、伊物语、文人事、寓惠情、记鲁朗七个部分，不论是叙事抒情，还是写景抒怀，小娅老师的情感细腻，文字清丽，笔触行云流水，议论直抒胸臆，小到一叶一花，大到一山一湖，处处体现她对惠州这方热土的喜爱。过去的惠州，她用一个"乱"字形容，现在的惠州，她形容如"投放了巨大的明矾，将那烟尘浊浪澄清"，惠州人民是通过"种植幸福，结出文明之果"，让城市变得日渐秀丽，日渐文明，日渐朝气蓬勃。

她对植物尤其是花草有着无限的偏爱。紫荆花、白兰花、月桂、木棉花、凤凰花等等，在她眼里争奇斗艳，在她笔下活色生香。各种花草树木，有常见的，也有不常见的，还有我从未见过听过的，因为我是个植物盲。她会在落英缤纷的地面上徜徉，会拾起各色花瓣带回家，会在喧嚣的噪声中听取花开的声音，讲述花落的故事，感受每一朵花开的力量。当然，她最最喜欢的应是红红火火的三角梅，希望自己能活出三角梅的模样，让自己飘荡的心安然笃定。很多女子喜欢牡丹的雍容，荷花的高洁，菊花的孤傲，兰花的幽香，她却偏爱三角梅，那的确是一种美而不娇、艳而不俗、生命力极其旺盛的植物，这也许正暗合了她自己的经历和心境吧。

她有着对惠州尤其是西湖无尽的深情。很多篇文章中都能看到小娅老师对惠州西湖的爱恋，她把西湖叫作第二故乡，湖上的太阳，水面的波光，湖畔的紫荆树都令她欢喜缱绻。她从湖南老家来到惠州真真切切是冲西湖留下来的，西湖不仅是她接待外来宾客的招牌菜，是她放松疲惫身心的栖息地，也成为她激发创作灵感的活水源。

她有着对家乡尤其是外婆无言的依恋。外婆的能干、豁达、疼爱甚至是偏心都让她很受用，特别是那些各式各样摆满一长串的坛子菜，有着别样的农家乐趣，充满泥土的芬芳，总让人有种一一尝遍的渴望，也难怪差点成为她人生的最高梦想，估计小娅老师的厨艺也是得益于外婆的熏陶，在她笔下外婆是"最为光辉、最为敬仰不已的"。

她有着对生活尤其是病困无畏的心境。从一些文章片段中，知道了她曾经从事业的巅峰落入低谷，还在 2013 年得了场大病，身体和心灵都受过重创，但是看似柔柔弱弱的她，面对打击表现出了坚强乐观的心态，还给自己定下 106 岁的长寿目标，我们无法体会她心路历程中的苦涩滋味，但是字里行间，能看见她用乐观刺破病痛的土壤，一步一挪向前向前，用壮志豪情向病魔宣战："狼来了，来吧，我已扛着红缨枪出发了。"

俗话说"文如其人"。读小娅老师的作品，可以体会到她扎实的文字功底，遣词用典恰到好处；可以体验到她随心所欲的文人品性，吃喝拉撒，提笔都来；可以体察到她常年笔耕的心酸不易，甚至有段时间为生存而码字。此时我有点自惭形秽了，少女时代就有作家梦想，却在繁忙的日常事务中慢慢丢弃，其中有一分不为生计发愁的散淡，也有三分怕写作辛苦的慵懒。而小娅老师对文字有着刻骨铭心的感情，文字是她的挚友，码字是她的食粮，所以她的人生必将和码字如影随形，也必将在码字中丰沛充盈。

喜不得意，怒不哀怨，病不沮丧，短不遮掩，字字句句，真实质朴，清风细语，娓娓道来。既有湘妹子的直率，更有粤女的多愁善感，这是我对小娅老师的书中映象。

我没有见过梅子树，但是在新疆常吃酸梅干，比起杏干、无花果干等干果，我喜欢酸梅干那份独特的甜中带酸的滋味，那一丝丝的酸爽更值得回味。

一本书的分量，岂是只言片语能掂量得清的。

一本书的感悟，也不是三言两语能讲得透的。

莫问相逢与相知，清风细语总相宜。

纸质书背后的岁月静好

　　不知从何时起，读书已经成了我生活中不可或缺的一部分。从年轻时为了做好工作、为了取得文凭需要充电勤学苦读，到目前已过知天命之年仍然手不释卷，读书习惯自然养成，书是我终身不舍的良师益友，我也从读书中体会到无限快乐。

　　——读书就像看戏。我时而是一名虔诚的观众，尽情欣赏人生舞台上芸芸众生的喜怒哀乐、悲欢离合，情感也随着跌宕起伏，为生活中的真善美欢呼雀跃；为社会上的假恶丑愤懑不已；有时会为一个小小的感动泪流满面；有时会为悲壮的遗憾辗转反侧。时而会是书中的某一个角色，欢喜时满山皆秀色，无处不花香；悲痛时行至水穷处，坐看云起时；遇到挫折时能够找到逆风而行的利剑；感到焦躁时也能寻到心平气和的良药。一出出人生的大戏，一个个鲜活的形象，一幅幅绚丽的画卷，一次次灵魂的叩问，书教会了我许多，她为我打开了五彩缤纷的人生画卷，更让我握住了解决现实生活难题的金钥匙。

　　——读书就像饮酒。每读一本书就好比每饮一杯酒，颜色各不相同，饮后的感受自然也是万般滋味。有的虽平淡却解渴；有的虽辛辣却酣畅；有的醇厚甘甜，历久弥新，循循善诱地让我的胸怀饱满丰腴；有的清新淡雅，赏心悦目，巧手剥笋般帮我找寻未知的自己，让我的内心沉静淡定。工作、生活有了坎坷或不如意，可以借酒浇愁愁不愁了；读书产生共鸣时，切身体会到酒逢知己饮，诗向会人吟的灵通。读书如饮酒，有的酒能让人清醒，有的酒会让人释然，有的酒令我醍醐灌顶，有的酒也可以使我如痴如醉，聊以自慰，慢慢地，我的心态变得包容，我的抱怨也在减少，每一天的日子也就充实而愉悦了。

——读书就像品茶。茶从字面上讲就是人生草木间，泡茶、品茶的过程就是人与自然相通的过程。其实读书到一定时候，真的就如品茶，没有压力地慢慢放松身心，在热气氤氲中，细细品味不同茶的不同色泽、口感和回味。有的书绿茶一样甜润；有的书普洱一样厚重；有的书红茶一样芬芳；有的书白茶一样清丽……古人说的茶禅一味讲的就是从容的心境，而读书就是享受这份泡茶的从容和品茶的优雅，不带任何功利，哪怕有的书看过了记不住都不留遗憾。因为茶让人清醒，清醒之中能让人读懂岁月铅华中的种种道理，而最重要的道理是沸水煮茶"外化而内不化"的人生价值观，让我们能够在顺应各种社会规则的同时不失生命的执守，拥有自己的精神世界。

随着互联网时代到来，各类读书的介质层出不穷，但我最喜欢的还是纸质书籍，享受那一份手捧书卷的触觉、勾圈画线的满足、翻页折角的幸福。

关于读书的名句也有很多，但我最喜欢的是培根的："读史使人明智，读诗使人灵秀，数学使人精细，物理使人深沉，伦理使人庄重，逻辑修辞使人善辩，凡有所学，皆成个性。"一本好书，如春风化雨沁润着沧海桑田，一本好书，似黑夜星光点亮着万家灯火。

读书，畅游知识的海洋，能让知性的光辉洒满心房，读书，品味人生的哲理，能让无穷的智慧贯通古今。若有诗书藏于胸，岁月从不败美人。

　　所以，不论是忙是闲，抽一点时间，捧一册书刊，品一杯清茗，汲取知识的力量，享受岁月的静好，岂不是生命中的乐事一桩……

知识是甜蜜的

　　如果问起世界上哪个民族的人最聪明？估计大多数人会投犹太人一票。因为世界精英名录里，犹太人占据了相当大的比例：基督教创始人耶稣、科学家爱因斯坦、心理学家弗洛伊德、画家毕加索，还有全世界无产阶级和劳动人民的革命导师卡尔·马克思、商界有代表性的罗斯柴尔德家族创始人、微软公司的总裁鲍尔默、谷歌和雅诗兰黛的创始人……在福布斯杂志公布的美国富豪排行榜中，45% 都是犹太人；美国的大学中有 20% 的教师是犹太人。世界上获诺贝尔奖项的人中有 70% 以上是美国人，而获诺贝尔奖的美国人当中，有 31% 是犹太人。

　　有句话说："世界的财富在犹太人的口袋里，犹太人的财富在自己的脑袋里。"犹太人的核心理念认为，发了财并不代表成功，真正的成功是拥有知识和智慧，文化和智力的寿命比金钱更长。所以追根溯源，重视教育是犹太人出精英的源泉之一。《塔木德》记载：犹太小孩第一次上学，要穿上最好的衣服，由拉比（犹太人对老师和智者的统称）或有学问的人带到教室，在那里，他会得到一块干净的石板，石板上用蜂蜜写就的希伯来字母和简单的《圣经》文句，孩子一边诵读字母的名称，一边舔掉石板上的蜂蜜，随后，还要请他吃蜜糕、苹果和核桃。此举的目的是告诉孩子：知识是甜蜜的。

翻开中华文化浩繁绵长的历史画卷，知识的光辉一直在浩渺的星空熠熠闪烁，知识的蜜浆始终伴随着长江黄河穿越时空，通贯古今：我们从《诗经》里了解到古代劳动人民"饥者歌其食，劳者歌其事"的直抒胸臆，"关关雎鸠，在河之洲，窈窕淑女，君子好逑"男女老幼皆会吟诵；我们从诸子百家中感受百家争鸣的盛况，儒家、道家、法家、兵家等多元思想和流派争奇斗艳，至今仍然是我们学习国学思想的主要教材；数目可观的唐诗宋词，是中国文学史上不可逾越的高峰，"君不见黄河之水天上来""大江东去浪淘尽"的恢宏气势，"国破山河在，城春草木深""十年生死两茫茫"的忧患幽思，都让我们体验唐宋文化的空前繁荣；《窦娥冤》《西厢记》等元代戏曲，让目不识丁的百姓都能通过不同唱腔、不同形象欣赏到栩栩如生的经典故事；《红楼梦》《西游记》等明清小说仍然是当下许多人的必读书目；再到如今科学教育、文学艺术、新闻出版、电影电视等遍地开花，知识的范围之广，涉及的领域之宽，获取的路径之多都是前人无法想象的。我们之所以能有如此博大精深的文化知识储备，得益于中华文化的长寿。

中国在世界上不仅拥有最多人口，而且拥有最长文明史，热爱学习、自觉学习是我们坚持文化自信的应有之义。四大文明古国中，只有中华文化唯一延续至今，这不仅是世界文明史上的奇迹，更显示出中华文化生生不息、代代相传的无比强大的生命力。古往今来，为了求知，孙敬"头悬梁，锥刺股"；为了求知，匡衡"凿壁偷光"；为了求知，闻一多洞房花烛夜依然手不释卷，被家人称之为一读书就"醉"；为了求知，董仲舒"三年不窥园"……他们在自己获取知识的同时，也给后人留下了孜孜以求的样板。

与早些年相比，现在人们拥有的阅读载体和汲取知识的平台真的很富足。我记得20世纪70年代末在上中学时候，听说新华书店到了一批课外辅导书，因为数量有限，去晚了买不到，我和几个同学天不亮就去排队，商量好每人买一本不同的书，看完互相借阅，这样既节约成本又可以通过互相分享获取不同科目的辅导。还记得刚读中专时，为数不多的出版物如《读者文摘》《大众电影》《故事会》陪伴着我们一路成长，由于订阅数量有限，同学们就不停地传阅，最后每本杂志都被翻得破旧不堪。

再看看今天，除了教科书外，随便走在任何一条街面上，可以看见门面最多的是五花八门的教育辅导班；各类报纸杂志及书店里的书籍更是门类齐全，诗词歌赋、经史子集、政治经济、科学文化、中外名著、烹调育儿应有尽有；打开手机，各种学习 App、免费听书、微信公众号、阅读号也是数不胜数，让人目不暇接；电视上《百家讲坛》《朗读者》《诗词大会》等知识类节目也是花样翻新、名目繁多；各类成人教育培训机构开办的学历提升班；针对企业家和商界精英群体开设的北大研究生院、清华班、EMBA 班……这为全民学习求知提供了极大便利和极多平台，可以不受限制的各取所需。有如此多的选择，是这个时代赋予每个人取之不尽用之不竭的最好的精神食粮。而面对多元的学习途径，我们无法评价孰优孰劣，因为每个人学习的目的不同，爱好也不同，"青菜萝卜，各有所爱"，只要明确自己想学什么、怎么学？再检视自己通过学习是否增长了智慧，开阔了视野，并通过知行合一，修炼了品性，历练了才干，那就在学习的过程中真心体会到知识带给我们的生命意义了。

这么多的知识宝藏，这么好的学习机遇，我们完全有条件沉下心来尽情品尝知识的甜蜜，我们完全有理由让中华文化代代相传，经久不衰。有一句很流行的话：要么走路，要么读书，身体和灵魂总有一个在路上。

去走路吧，这是一种最低廉、最实用的强身健体方式，坚持长期走路的人，终能体会到健康的快乐；去阅读吧，这是一种最简单、最有效的知识获取路径，坚持常年阅读的人，终能品尝到知识的甜蜜。

对联趣谈

如果说唐诗宋词是中国古典文学的双璧，那么对联应该是中国民间文学的明珠，或者说是传统民俗文化的奇葩。对联在家家门口、庭院、单位大门我们随处可见。在这样一条绵延不断的长河里，引发的趣事也是多种多样，如浪花飞溅，时不时向我们扑来。

最常见的是春联。春节贴对联是中国老百姓增加节日气氛的必选动作，把对新年的所有祝福浓缩进对联，表达了人们对新年新生活的共同追求：

　　和顺一门有百福　平安二字值千金

　　春满人间百花吐艳　福临小院四季常安

　　迎新春事事如意　接洪福步步高升

　　喜庆新春闻鸡起舞　欣逢盛世跃马扬鞭

新人结婚对联也是必不可少的，既增添喜庆色彩，也带着美好的祝愿和期盼：

　　百年佳偶今朝合　万载良缘此日成

互敬互爱好伴侣　同心同德美姻缘

连理枝头腾凤羽　合欢筵上对芹枝

双飞却似关雎鸟　并蒂常开连理枝

有一副对联我很喜欢，多年以来始终记忆犹新。

上联：东启明，西长庚，南极北斗，谁是摘星手

下联：春牡丹，夏芍药，秋菊冬梅，我乃探花郎

关于这副对联的出处也是有很多版本。相传，很久以前有个员外想为其才貌双全的独生女招婿，引来很多应聘者，因为难分伯仲，于是，小姐灵机一动出了一副上联："东启明西长庚南极北斗谁是摘星手"，并承诺对出下联者胜出。谁知此联一出，无人能对，急得老员外团团转。忽然有一天，一名进京赶考的穷书生路过，开口对出"春牡丹夏芍药秋菊冬梅我乃探花郎"。一副对联不仅成就一段美好的姻缘，据说书生果真考取了第三名，当上了探花郎。

还有一种说法：清乾隆年间，一个名叫刘凤诰的江西萍乡人士，寒窗苦读，考中了当时科举的第三名，和前两名一起上殿觐见皇上，他的一只眼睛因幼年患眼疾无钱医治而失明，成了"独眼龙"，乾隆看到他，心有不悦，便起了嘲讽的心思。于是在大殿上当众出了一副上联："独眼不登龙虎榜"，此联一出，大殿上所有人紧张万分，刘凤诰本人也很尴尬，但他缓缓吟出下联："半月依旧照乾坤"。乾隆心想：还行，那就再试试你。然后又抛出一个上联："东启明，西长庚，南极北斗，朕乃摘星汉。"面对皇上这雄霸天下的态度，刘凤诰思索了一会，不卑不亢地答出下联："春牡丹，夏芍药，秋菊冬梅，臣是探花郎。"不仅引得乾隆开心大笑，更赢得大殿上所有人暗暗叫绝。乾隆当堂便大笔一挥，钦定刘凤诰为探花郎，也算是应人应景了。

有两副吟诵山水的对联我也十分喜爱：

青山原不老，为雪白头

碧水本无痕，因风皱面

青山不墨千秋画

流水无弦万古琴

两副对联都是描绘山水的，上一副把雪落山头，风吹水波完全拟人化，原本美丽的山水，瞬间化作老人头顶的白发和满脸的皱纹，可谓奇思妙想。第二副则把山定格成无墨的画，把水幻化成无弦的琴，高山流水的意境呼之欲出，韵味悠远。

在岳麓书院有一副出自清代学者杨凯运的著名对联：

吾道南来，原是濂溪一脉

大江东去，无非湘水余波

这副对联表面看过于狂放，其实，知道由来，就有完全不同的感受了。杨凯运是湖南湘潭人，性情高傲，终身不仕不官，曾做过曾国藩的幕僚。据传，他曾到江浙一带讲学，当地官员为试他的才学高低，故意探问他的学问之流派、渊源，他便随口而出："吾道南来，原是濂溪一脉；大江东去，无非湘水余波。"濂溪是潇水支流，中国理学的开山鼻祖周敦颐故里，位于湖南省永州市宁远县境内，周敦颐在此悟道创立理学，号"濂溪老人"，长沙岳麓书院至今设有"濂溪祠"，他的《爱莲说》更是脍炙人口。杨凯运撰写此对联，一方面表明自己来自岳麓书院，是濂溪一脉，一方面彰显了周敦颐的地位和湖南学派的盛大气象，寥寥几句，气势磅礴，表达了湖南人的自信。

千江有水千江月　万里无云万里天

这副对联是宋朝一个和尚的偈语：意思是江河不分大小，只要有水，自然就会映出天上的月亮；万里无云，自然就会显露出万里的天空。比喻一个人如果内心非常清净的话，就能感知宇宙、心通万物，没有任何障碍，一切风景都一览无余。

风声雨声读书声声声入耳

家事国事天下事事事关心

　　这是明代东林领袖顾宪成在无锡东林书院所撰写的对联，上联写实景，将读书声和风雨声融为一体，诗意盎然，下联写心境，有齐家治国平天下的豪情壮志，寓意深刻。尤其是叠字连用，读来朗朗上口，易懂易记，多年来为大家熟知而经常引用。

　　对联以其短小精悍、易读易懂的特点，为大众喜闻乐见，因而也是政府宣导宣传的常用工具。如体现出农村生活巨大变化的：

　　党是新村擂鼓手　民为盛世代言人

　　水疏通，物流通，心沟通，政令畅通，党政兴修幸福路

　　路硬化，家美化，乡进化，改革深化，村民跨进小康门

反映抗击疫情的如：

　　火神山，雷神山，钟南山，山压病疫

　　党有力，民有力，军有力，力挽狂澜

为了让全民都能安心宅在家里，雷人的对联更让大家印象深刻：

　　出门就是互相残杀　聚会就是自寻短见

　　亲戚不走，来年还有

　　朋友不聚，回头再叙

　　这些对联都在不同时期应对不同问题上，发挥了宣传群众、动员群众、教育群众的积极作用。

　　有一些巧妙利用汉字同字但不同的表达意思而创作的对联，有趣又幽默：

　　东当铺，西当铺，东西当铺当东西

　　南通州，北通州，南北通州通南北

　　鸟在笼中，恨关羽不能张飞

　　人活世上，要八戒更需悟空

　　上联讲人生困境：不得志的人就像鸟儿关在笼中，关闭了羽翼不能

展翅高飞，关羽和张飞是《三国演义》里重要的两个人物。下联讲解除的法门：既要遵循佛家八个方面的戒律，还要有了然于一切事物的心境。八戒和悟空又刚好是《西游记》一对师兄弟，字面和意境融会贯通，正是此对联的绝妙之处。

还有正念反读都一样的对联，显示出作者驾驭文字的功底：

上海自来水来自海上

山西悬空寺空悬西山

还有很多很多……

中华文化源远流长，对联，就是其中一条水系，生生不息地滋养着一代又一代华夏儿女，或长或短，或雅或俗，或深或浅，其表现形式灵活，普及程度广，其文学性和实用性也被大众认可，故而能够历久弥新，长盛不衰。

第四辑　旅途拾景

烟月西湖

清风执拗地从湖北黄州一路飘到广东惠州，让苏东坡的笔尖一刻不闲地游走，一如他辗转奔波的身心，谁承想，心中的蛮荒烟瘴之地，恰似一个温柔的村姑，以她不加粉饰、浑然天成的秀美拥抱了他。他摩挲这座城，洒落了一地的诗词，至今被人吟诵。尤其是丰湖的烟月，浸润着远山近水，青山与秀水相依相恋，翠竹与亭阁相生相伴，因为这个湖泊位于城西，风景与苏东坡熟悉的杭州西湖一样美丽精致，他把丰湖称为西湖，至此，惠州的版图上就有了与杭州西湖重名的湖泊，最懂他的侍妾王朝云，也将一缕香魂驻留在此。

一

在惠州览胜，不能不去西湖；在惠州文学圈，几乎没有不写西湖的。

提起西湖，第一个跳入脑海的一定是杭州西湖。第一个闪现出的人物也多会是苏东坡。他的"水光潋滟晴方好，山色空蒙雨亦奇"似一幅水墨画卷一般将杭州西湖的曼妙之美铺展开来，"若把西湖比西子，浓妆淡抹总相宜"的诗句几秒钟就在唇边蹦蹦跳跳了。伴随着千年等一回的律动，妇孺皆知的白娘子、许仙断桥相会的凄婉传说，令多少人舞文弄墨，长吁短叹，杭州西湖以不带任何悬念的魅力征服了世界，成为我国目前唯一被列入《世界遗产名录》的湖景景观遗产。

西湖，中国古今可查到叫此名的有36处之多，能排上号的当属杭州、惠州、扬州和颍州的西湖，俗称"四大西湖"。

"菡萏香清画舸浮，使君宁复忆扬州。都将二十四桥月，换得西湖十顷秋"是欧阳修笔下的"颍州西湖"秀色；"垂杨不断接残芜，雁齿虹桥俨画图。也是销金一锅子，故应唤作瘦西湖"是汪沆眼里的扬州西湖模样；苏东坡被贬惠州两年多，留下587篇诗词、书信和文章，描写西湖的有不少，其中"花曾识面香仍好，鸟不知名声自呼。梦想平生消未尽，满林烟月到西湖"留下了苏东坡与惠州西湖的深切情缘。

惠州西湖建设始于北宋，当时就有"五湖六桥八景"之说，是继罗浮山后惠州第二个5A级景区。集惠州"四东"——东坡、东江、东纵、东征文化于一体，因苏东坡的到来芳名留香。随着时境变迁，西湖建设不断完善，先后加入了不少历史文化元素，因地制宜修建了一些亭台楼榭和小桥，让自然景观和人文景观呼应，就有了如今"六湖九桥十八景"之说了。

时光的隧道，浸透千年的烟雨，西湖留下了无数流连的踪影，吸引过无数含情的目光；亘古不变的一轮朗月，皎洁的清辉一直喂养着独具湖光山色的"苎萝西子"，让它享有"中国最大的西湖三十六，唯惠州足并杭州"之赞誉。

二

五月的初夏，恰逢母亲节，雨后的惠州城气温柔和，空气清新的飘着香槟酒的气息。我再一次来到西湖，从东门踏进，还是那条走了许多次的大道，葱茏的细叶榕、相思树和凤凰木，以她沉稳的气场，搭建着一条浓密的绿道，像一个温柔的怀抱，置身其中，有一种舒适，还有一种莫名的感动。

平湖和丰湖隔堤相望。丰湖上那座并不高大的建筑是惠州宾馆。早在北宋时期由两座小岛组成的一块小小陆地，唤作西新村，岛上的村民经常需要涉水到对面的西山去砍柴种地，非常不便，每当遇到恶劣的天气，溺亡的噩梦会惊扰得村民惶恐不安，直到 1094 年，苏东坡的到来破解了这个难题。他虽有官职，并无实权，凭借着出众的才华和高尚的人格魅力，赢得人们的爱戴。他积极号召当地乡绅捐款建桥，自己带头捐出了身上最为贵重的一件物品——皇帝赏赐给他的玉犀带，并写信给他在朝廷担任副宰相的弟弟苏辙，让他妻子史氏也捐出了黄金，凑齐费用开始动工，于是就有了"两桥一堤"这项民心工程。站在西新桥中央，看着波澜不惊的湖面，苏东坡的这份家国情怀和他经久不衰的诗词一样，依然散发着炙热的温度，让惠州人民受益至今。

沿堤走几分钟后，一座名为《造福》的浮雕再现了苏东坡在惠州的业绩，不远处的地面石板上刻着他《初到惠州》的诗句："仿佛曾游岂梦中，欣然鸡犬识新丰。吏民惊怪坐何事，父老相携迎此翁。苏武岂知还漠北，管宁自欲老辽东。岭南万户皆春色，会有幽人客寓公。"在被贬谪的悲凉心境下，惠州让他有似曾相识的亲近，惠州父老对他有相携出迎的敬仰，这该是多么贴心的缘分呀。

顺着石阶而上，最具标志性的建筑——泗洲塔凸现眼帘，在葱茏的树木中高高矗立。它是惠州现存最古老，同时也是保存最为完整的一处古迹，在惠州任何一个居高点，鸟瞰全城，它是最具标志性的古建筑。据说目前全国现存的泗洲塔仅有两座，一座在河南南阳的唐河县，一座就在惠州西湖。

泗洲追根溯源是一个地名，指的是安徽泗县，之所以用来作为塔名是因为一个朝代。唐朝不仅盛产诗歌，而且盛行佛法，唐僧西天取经、鉴真和尚东渡日本，都发生在这个朝代。当时，从西域过来了一位得道高僧，他在泗洲建立了普照王寺，弘扬佛法，名声大噪，几十年过后，新继位的皇帝唐中宗李显听闻这位大师佛法高深，就请他到朝廷讲经，不过短短两年这位大师就圆寂了，李显命人将这位大师送回泗洲并建塔供奉，那座塔就被称为泗洲塔。从那以后，各地纷纷效仿，只要建塔，都会取名泗洲塔。

惠州西湖的泗洲塔最早建于唐朝末年，但由于年久失修而倒塌，现在这座塔，是公元 1618 年惠州太守温国奇在原来的旧址上仿照唐朝风格重建，塔高 37.7 米。汉传佛塔一般都是 7 层，泗洲塔就是一座外 7 层里 13 层楼阁式砖塔，登到塔顶可以欣赏到整个西湖的风光。遗憾的是，为了保存这个有近 400 年历史的古建筑，现在的游客只能望塔兴叹，不能有登塔观光的机会了。我们围绕塔身转了一圈，在塔前站立仰望，用心去描绘着"一更山吐月，玉塔卧微澜"的画面：在一个风清月明之夜，东坡凭栏站立，手执一杯客家水酒，以微醺之目远眺明月缓慢升起，任凭湖水泛起微微波澜，这应该正是惠州西湖所释放出的无尽美意。

文化的长度是与历史的绵延紧紧链接的，历史的厚度往往与文化的传承有关。一座古塔保留至今，是历史和文化的见证，也反映了历代惠州人民对历史的敬畏，对文化的尊重。

三

　　离开泗洲塔，沿左边上 34 级台阶就进入东坡园。一尊伟岸的苏东坡雕像伫立在花红树绿的幽静环境里，不时有小鸟飞越头顶，窜入林中。离雕像不远处有一个四梁的几平方米见方的亭子，左右两边有对联："不增、不减、不生、不灭、不垢、不净；如梦、如幻、如泡、如影、如露、如电。"故称"六如亭"。六如亭身后是王朝云墓。一个约半米高的圆形石圈，正中留出一个口，口正中又对着一个与现代并无二致的墓碑，两边各有同样高的半圆的石圈，像两个对称的括弧，也像两只片刻不离地紧紧守护着墓穴的臂膀。亭边有石碑，上面刻有王朝云的画像，朝云的美丽如苏东坡学生秦观所言"目似晨曦，美若春园"，由于传说触摸朝云像，会美丽如朝云，来来往往的女性游客，都禁不住伸手触摸，无数次的抚摸，朝云像变得黝黑油亮。

　　王朝云是钱塘人，为杭州西湖名伎，琴棋书画无所不能。12 岁开始追随东坡，1094 年她随东坡谪居惠州，坚贞相随，患难与共。王朝云 1096 年病故，只有 34 岁，像一只刚刚成熟的苹果，来不及散发芳香，来不及绽放红韵，就陨落在栖禅寺松林中，这也就是为什么上东坡园有 34 个台阶的缘由了。她作为侍妾，整整陪了苏东坡 22 年。在东坡被贬的日子里，她的爱如琴弦，急促拨弹，灌注一股英气力量，催促东坡焕发精神，不遗余力地治理惠州；柔柔轻抚，扫去东坡心头的阴霾，东坡失去朝云心情极度凄婉，对朝云是满心感谢和不舍，"不合时宜，唯有朝云能识我，独弹古调，每逢暮雨倍思卿"；他赞美朝云为天女维摩，在《王朝云墓志铭》这样写道："浮屠是瞻，伽蓝是依，如汝宿心，惟佛之归。"与朝云彼此忠敬若一，说明她不仅敬他、爱他，更懂他、怜他。这种情感，跨越了年龄，超越了身份，至今都令人一叹三赞。

　　今日，东坡塑像挺立在东坡纪念馆前，傲骨豪气，放眼览尽湖光山色；俯首凝视近在咫尺的六如亭下朝云栖息之地，一像一亭，永恒守望。

两处苏东坡纪念馆，面积不大，但屋顶的建筑级别可不低，古代屋顶是有等级之分的，最高级的是重檐庑殿顶，如故宫太和殿、孔庙。苏东坡因为他的才华和在惠州造福百姓的功绩，深受爱戴，所以1号馆用上了亲王才能使用的第二级重檐歇山顶。1号馆入口楹联："明月浩无边，安排铁板铜琶，我亦唱大江东去；春风睡正美，迢递珠崖儋耳，谁更怜孤鹤南飞"，此联系清代光绪年间进士徐琪所题。1号馆内，一张黄州插秧马图，反映了苏东坡将黄州先进的插秧技术传入惠州的景象，插秧马的使用，极大减轻了惠州百姓插秧腰酸背痛的劳累；还有一幅笑容满面、须髯飘逸的老寿星的漫画，仔细分辨，可以看见是福寿两字，只是左右结构变成上下结构了，所以也叫福寿字，据说这是中国第一幅漫画。

2号馆主要是和苏东坡有关的字画。我喜欢其中两幅画：一幅"一亭湖月冷梅花"，一幅苏东坡为邓守安作的墨竹长卷，梅花傲霜斗雪的风骨，墨竹清丽高洁的气度都在画中。两个馆之间有一尊苏东坡和王朝云的雕像，东坡坐着抚琴，朝云站立身边，左手玉指轻点右唇，含羞微笑，一幅琴瑟和鸣的画面，不厌其烦地诉说着不老的时光，不变的情缘和那些刻骨铭心的存在。

四

也许是为了应验"宁可食无肉，不可居无竹"的名句，苏东坡纪念馆附近种了很多竹子，穿过一条不太长的回廊——修竹廊，就站在九曲桥头。九曲十八弯，弯弯景不同，景随步移，步随景动，一步一景，美不胜收。站在任何一弯，都能够清晰地看到四周景象，湖光山色，亭台楼榭，鸟岛盘坐，小船悠悠，游人漫步，还有长枪短炮的摄影师旁若无人地将各种风景收纳进那几寸见方的匣子里。

湖面散卧着五座鸟岛，岛上聚集栖息着近万只大白鹭、小白鹭、苍鹭等鹭鸟，早晨和傍晚是鹭鸟最多的时候，它们在湖面上空盘旋飞舞，追逐嬉闹在水天之间，景象蔚为壮观。

走出九曲桥，一棵枝叶遒劲的榕树像一位充满智慧的长者微笑着迎接我们，它有着120年生命，褐色的枝干几乎是平直地探向湖水，因为朝着泗洲塔的方向，取名古榕拜塔；接着又见到了树龄168年的木棉树，还有都过了百岁的牛蹄豆、秋枫等古树木，好像是一群长寿老人在聚会，不为争奇斗艳，只为一场不知结果的长寿竞赛，棵棵枝繁叶茂，生机盎然，有的葳蕤，有的挺拔，有的婆娑，那棵邻近枇杷桥的乌桕，用通体一片一片鱼鳞状的树皮，讲述着近80年的见闻……

走上偃龙桥，像是踩着水面漂移，难怪也叫贴水桥，桥的尽头，一株火红的凤凰木迎宾招展，像凤凰开屏的大扇子一样，红花娇嫩，绿叶水润，一团一团红红的花朵，恰似孔雀一片一片的羽毛。登上芳华州，一座精致的逍遥堂掩映在绿树丛里，平添几分幽静和洒脱。芳华州周边种有很多的池杉和水杉，这些杉树，会随着季节的变化而变换颜色，到了秋天的时候，将是橙黄一片，是惠州西湖中一道独一无二的秋景，要想领略芳华秋苑的景域，只能相约秋天了。

拐一个弯，我们来到一座拱形小桥——迎仙桥，因为后面有一座元庙观，据说从这座桥到达元庙观，就寓意着迎神接仙，可以心随愿成了。顺着桥边往右看，四大片睡莲粉嫩亮相，铺展在水面，花朵不大，似小家碧玉般娉娉婷婷，随着温度的变化，白天绽放，晚上闭合，暗合人的作息规律，很解风情。突然，我们在睡莲的边上，见到了2只小巧的鸟儿，一会挺立水面，一会像青蛙一样的游在水中，它名叫鸊鷉鸟，是一种潜鸟，体长不足30厘米，上体黑褐，下体白色，善于游泳和潜水，但是它不擅长飞。大自然造物的奇特让人类总有学不完的知识，解不完的迷惑。

走上岸边，水边一棵粗壮的桃花芯木，紧紧依着岸边，如一位痴情的人，不知疲倦地向湖水诉说衷肠。沿着岸边小道继续前行，一阵阵香味挑战我们的味蕾，香气是从和湖水一路之隔的美食一条街飘出来的，那家黎记大排档是我们招待亲朋的经常光顾之地，经营惠州特色美食有快 30 年历史。来不及嗅得美味，前方就响起爽爽朗朗的笑声，一群大姐大妈穿着鲜艳的衣裙，在一个手举一束黄色花的大姐指挥下，嬉笑拍照。笑声还在耳边激荡，我们的脚步已经踏进了丰渚园。

五

丰渚园采用岭南传统建筑风格，融合了惠州民居院落特色和西湖历史文化，是一座充满诗情画意的岭南古典式园林。迎门的是一人多高的太湖石，右边就是株假苹婆树，圆乎乎的造型，像极了婆婆挽的发髻，我们在亭廊里穿梭，一会看看锦鲤戏水，一会瞧瞧盆景里怒放的簕杜鹃。走进文昌阁，里面一幅江逢辰孝母图的木刻令我们驻足：江逢辰是晚清惠州最著名的诗人、画家，不仅以名句"一自坡公谪南海，天下不敢小惠州"被今人纪念，而且因孝母被后人传颂。他曾出仕，母亲病重后便辞官回家服侍，母丧后哀伤难当，"冬不裘，夏不帐，哭无时，夜不睡"。他在墓边草棚里守孝整整三年，形容枯槁。他身体本就不好，终因哀伤过度英年早逝，年仅 41 岁。文昌阁内，还有很多根雕和奇石，形态各异，在几尺天地展万物风情，为喜爱的游客提供了鉴赏的园地。

一路走来，有点微喘，但是一大片薄薄翠翠的荷叶，让我们倦意顿消。丰渚园旧称荷花亭，可见荷花在园子里的分量。因为还不到荷花怒放的季节，无法体验"接天莲叶无穷碧，映日荷花别样红"的盛大景象，扑入视野的，是不足巴掌大的小小荷叶，带着七分稚嫩，还有三分羞涩，挨挨挤挤地探出水面，充满着好奇和一种生长的希望，仿佛在细声细语地说：没有今天的铺垫，哪来繁花似锦的一夏荷色？有几片荷叶踮着脚尖，随风摆动，似乎调皮地说着：等着我哈，我很快就长大了。

一日可以感受西湖的万千气象，一日不可读尽这里的风物人情。从东门到达北门，脚下踏的是石板小径，眼里装的是水光山色，心里想的是历史故事，能真切感受到空气里的呼吸，湖水里的叹息，塔顶上的身影，榕树下的琴声……

俗话说"看景不如听景"，惠州西湖，既有得看，也有得听，不仅四季景不同，就是同一天，白天和夜晚的感受也会大相径庭。假如给你一日时光停留在惠州，那就来体验"满林烟月到西湖"的景致吧。

泰国行

2015 年 11 月 9 日，我和胜宏科技 36 名伙伴们，踏上既有礼仪之邦美誉，又有"妖国"之称的国度——泰国。

这是一个名副其实的旅游胜地：不论走到哪里都是人流如织，而其中绝大多数是来自中国，据导游介绍，每天到泰国旅游的人数达 2.6 万人，其中中国游客占 2.4 万人，所以泰国民众的福祉有一部分是中国民众创造的。

这是一个对比鲜明的和谐国家：金碧辉煌的皇宫玉佛寺和低矮破旧的民房形成鲜明对比；奢华庄严的皇宫博物馆和简陋粗糙的公共设施形成鲜明对比；恢宏大气的机场和布局杂乱的街道电线形成鲜明对比；对皇室及信仰的绝对崇敬和对性文化绝对的开放形成鲜明对比……然而，这看似种种不协调的背后却孕育了一个十分和谐的社会。

这是一个幸福指数很高的国家：没有城管，小商贩可以自由摆摊；没有乞丐，没有饭吃的人可以去寺庙；没有高考，只要想上学，人人都可以进大学校门；全民医保，看病个人最多付 30 泰铢（折合人民币

6 元）；市民的住房多数没有厨房，他们认为买菜做饭很耗时，所以都选择吃快餐……

这是一个诚信文化令人感佩的国家：他们信仰宗教，视诚信如生命，全国唯一的死刑罪是制造假药；5 万斤黄金打造的金佛在旷野中无人看管；随团出游的王建东在机场刷卡购物，因为售货员操作失误多划了 0.88 泰铢（折合人民币 0.15 元），系统自动报警，惊动整个销售店高层，吓得售货员无所适从，最终由消费者书面保证不介意、售货员再三给消费者道歉方做了结。这是一种让人震撼的诚信文化，它所引发的力量荡涤灵魂。

提起泰国，许多人立马会想到人妖。泰国作为一个发展中国家，经济高度依赖旅游业，人妖就是泰国旅游业的一个鲜明的标签，很多人来到这里，就是抱着神秘和猎奇的心理，一睹人妖的真容。人妖之所以在泰国盛行，是因为泰国绝大多数人信奉小乘佛教，而小乘佛教讲究祸福自担、因果自负，追求自我精神的独立，人与人之间相互尊重的习性，人妖不会被歧视。我们在芭堤雅看了人妖表演，舞蹈绚丽夺目，人妖美得失真，眼看着游客们围着人妖又是大呼小叫，又是相拥合影，我的内心却涌上一股寒意，别看人妖在舞台上风光无限，收入不菲，但是因为长期服用雌性激素药物，加上黑白颠倒的生活，这炫彩的背后是有限的艺术生涯，违背自然生理规律的结果，会严重影响他们的寿命，所以人妖会在有限的春光里如昙花一现般让生命怒放。

似乎要在异国他乡留点念想，入住泰国第一晚，我和闺蜜颜建红遇到一件事：我们被分在最里面一间房，一进门，我就说屋里有点阴森森的，刚躺下不一会，我迷迷糊糊地感觉一个长头发女孩进来，走到颜建红床边，低头要吻她，我想大喊"阿红"，可是怎么都喊不出声音，潜意识我知道自己梦魇了，但就是醒不来。这时，急促的"姐""姐"的呼唤声把我叫醒。原来，颜建红听到门外有动静，就想出去看看，结果是旁边房间的游客要出发，等她折回床边，就听到我梦魇的声音。我把梦给她说了，吓得她直怼我"明明就是我本人回到床上，哪里来的长发女孩"，她嘴上这么说，心里还是发怵，我们两个快速把两张床合并在一起，挤成一团凑合了一晚，第二天和两个男伙伴换了房才踏实了。这件事一路成为伙伴们调侃我们姐俩的话题。

人生最好的旅行，就是你在一个完全陌生的地方，发现一种久违的感动：这份感动来自我们的团队。六天的旅程快乐而短暂，我们一同观赏异国风光，一同体验异国风情，忘不了碧海舒翼的酣畅，海底漫步的浪漫；千佛山下的祈福，四面佛前的许愿，尤其是海空翱翔的刺激。穿上带着大伞的装备，随着海面一艘快艇的拖拽，我在甲板上一阵快跑，然后人就像风筝一样飘向了天空，随着快艇速度的加快，越飞越高，迎着海风，在天空飞翔，望着无垠的深蓝色的海水，心旷神怡，我没有丝毫惧怕，大声喊着"大海，我来了"！在空中翱翔时，游艇牵着的伞还会有意识的让你迅速坠落，贴近海水时，再次拉升，惊险刺激，一会沙鸥蹁跹，一会蜻蜓点水，完全忘我了，等双脚落在甲板上时，我意犹未尽。一同去的女性小伙伴就我一人飞向了天海间，大家都夸我虽然年龄最大但是最勇敢。

来到清迈小镇，我们穿行在花花绿绿充满泰国风情的街道，然后两两一对骑大象，前后同伴互相帮着留影，我和颜建红一组，我们突然想起了邓丽君，两人不由自主哼起了《甜蜜蜜》的曲调，早已忘却了酒店的噩梦。大象很配合，好像知道自己也会随着我们的镜头出国一样，表情怡然，时不时甩动一下引以为傲的长鼻子，步履自由且自在。

我们的团队高兴而去，尽兴而归，大家张弛有度，服从指挥，体现了良好的素质。早上出发时，步伐坚定有力，口号整齐嘹亮；晚间聚餐时；举杯祝愿，歌声悠扬，情谊澎湃。最有意思的是，坐巴士去景点的路途上，我们分成四个小组，从玩绕口令到猜谜语，输的一组派代表表演节目，有的唱歌，有的诗朗诵，有的讲笑话，有的学动物叫。第四组输了后，一向比较沉闷的维护部小杜居然主动请缨表演节目，在狭窄的旅游车通道，他浑身扭动，跳起了《小苹果》，先是引得大家刮目相看，紧接着被感染，大家一哄而上，挤满了走道，激情表演《江南style》……歌声、笑声飞出车厢，飘洒在异国他乡的天空上、街道旁、树荫下、田野里……

黄山景，故交情

都说五岳归来不看山，黄山归来不看岳。我一直对黄山有着向往，也在纠结什么季节去黄山好？有朋友说他春夏秋冬来过 4 次，每次感觉不同，但有一样的相同点，那就是怎一个美字了得。

一个偶然的机遇，几位曾在新疆工作过、退休后又同在深圳、惠州定居的老领导、老同事张大哥夫妇、潘大姐以及我们夫妇五人，应朋友之邀相聚在合肥，在叙情谊，话当年的同时，相约一起上黄山，观美景。

2021 年 1 月 21 日一早，从合肥市区出发约 3 小时到达黄山脚下，天气晴朗，游客稀少，我们先坐了 20 多分钟的景区大巴车，又乘坐了近 20 分钟的索道缆车，才开始步行上山。山路虽然曲折蜿蜒，但是并不难走，冬日暖阳高照，每到一处都是美景，我们走走停停，说说笑笑，拍照留念，不知不觉走上始信峰，见到连理松、雨伞松、妙笔松等造型各异的黄山松，观赏了笔架山、骆驼峰、南海观音等山峰，可以说是松石林立，交相辉映，姿态万千。每到一处，不论是山、是石、是松、是峰，总有一段传说，总有一些故事。那株粗壮结实的黑虎松，传说是一个道家和尚在此地休息，睡梦中见一只老虎扑过来，惊醒后，发现原本空旷的身边长出一棵松树，形状神态都很像梦境里的那只老虎，所以取名黑虎松。据说前几年有个画家，十多次来黄山画黑虎松，就是为了画出虎的神韵，这份执着让人感佩。

大约走了4公里路程，天色已暗，我们按计划住宿狮林大酒店，山上气温很低，好在酒店有暖气，让我们几个在西北生活了几十年的游客有一种回家的温馨。酒店的饭菜好吃得出乎意外：牛肉炖萝卜、尖椒炒香干、鱼头豆腐汤，每道菜都很可口，特别是清炒毛白菜，爽口清甜，我们吃了一份没过瘾，又加了一份，大家感叹道：景区难得能吃上这样质量的饭菜。

22日原本打算一大早看日出，却因为下雨留下了遗憾。吃罢丰盛的早餐，我们在蒙蒙细雨中向光明顶出发。

导游介绍说：黄山以前叫黟山，因峰岩青黑、遥望苍黛而名，寓意为黑石头很多的山，后因传说轩辕黄帝在此炼丹成仙，改称黄山。得益于大自然的鬼斧神工，黄山天然形成前山奇，后山秀的特征，大小72峰不可能一次游完，加之季节和天气变化，也会有不同的感受。我们一行在冬天来这里，没法体验春天的感受，却在领略了晴天通透晴朗之美后，感受雨天朦胧梦幻之韵了。

一路爬高踩低，台阶时急时缓，道路远比头一天的难走，因为下雨气温低，穿得厚，又套着雨衣，行动笨拙了许多，但是风景却别有一番滋味，山峰雾罩、松树迷蒙，有一种如梦如幻的不真实感。我们的帽子、头发上都结了一层薄薄的白霜，但是大家兴致很浓，走走歇歇，抵达光明顶，由于雾大风大，看不清山顶模样，只是模模糊糊一个轮廓。我们稍作休整，丝毫不气馁地接着向玉屏峰进军，因为那里有期待已久的迎客松在等着我们。不知不觉，来到一座小石桥边，导游告诉我们这叫幸福桥，带着我们边走边念叨着：幸福桥上走一走，延年益寿九十九；幸福桥上挥挥手，想啥来啥全都有。

欢声笑语中，我们继续前行，经过了一段狭窄险峻的山路，到达鳌鱼峰。鳌鱼峰因山峰形状极像鳌鱼而得名，张着大嘴，准备随时将嘴边形态亦人亦狮的石峰吞噬。峰顶有一个鳌鱼洞，我们依次从洞中走过，感觉如在鱼腹中穿行，洞内阴冷潮湿，走出洞来，有豁然开朗的舒坦。又经过一段密集的石阶，我们来到百步云梯，相传是在两块巨石中凿出的一百多个级陡峭的台阶，两块巨石一个形如龟，一个形如蛇，又恰在云梯口，所以叫"龟蛇二将守云梯"。导游告知我们，这个云梯是电影《小花》中刘晓庆饰演的小花跪着抬担架上山的拍摄地，我们精神为之一振。《小花》曾经是 20 世纪 80 年代很红的一部电影，里面的主题歌《绒花》又是我们这一代人百唱不厌的经典歌曲，于是，我们一边哼着"妹妹找哥泪花流"，一边踏着音乐的节拍一步一步攀缘向上，把艰难的爬山当作一次经典的回顾。

爬到云梯口，又走了几个迂回，我们终于来到迎客松前。大雾中，我们与距今 1300 年的迎客松咫尺相望，它高大挺拔，枝叶俊逸，伸展着一只秀美的臂膀迎接我们，仿佛在说：任凭风吹雨打，我自岿然屹立；近 8 公里的山路走下来，虽然已经累得气喘吁吁，腿脚酸软，但看到迎客松的刹那，全都烟消云散，个个精神饱满，单人照、夫妻照、合影照，应拍尽拍，还不过瘾，于是我们赶时髦录一段抖音，在迎客松前即兴发挥，载歌载舞跳起了新疆舞《达坂城的姑娘》，引得几个零星游客驻足观看，深受感染，还主动邀请我们的摄影大师张大哥帮助他们拍照。中午一点，意犹未尽的我们告别迎客松下山了。

老领导张大哥此行不仅是我们团队的高级摄影师，还是一位才华横溢的业余诗人，曾经出过诗集，在归程途中，他有感而发，信口吟诗：

黄山细雨濛，

雾锁玉屏峰，

老夫登百阶，

为看迎客松。

受张大哥的感染，我也来了灵感，和诗如下：

千年不老松，

挺立秀峰中，

笑脸迎宾客，

冷眼观苍生。

五名同行者，两名年近七旬，两名已过花甲，50多岁的我是最年轻的一个。两天坐车、爬山、登顶、下山，步行十几公里，特别是22日看迎客松，基本是细雨蒙蒙，雾海茫茫，可是没有一个感觉劳累的。张大哥说他们夫妇是第三次来黄山，每次看的景不一样；潘大姐说她60岁时上了一趟西藏，今年70岁如愿来到黄山，既开心，又满足，此生无憾了。

如果说看黄山美景是此行一大收获，那么晚餐举杯，更让几十年边疆同事的情谊彼此交融。追忆过去，欢笑伴着泪水，故事里有种种的艰辛，经历中有满满的骄傲；畅谈未来，歌声伴着激情，说不完的是浓浓的祝福，道不尽的是深深的牵挂。

感谢缘分，让我们能在万里之遥的跨度下相聚；

感恩情分，让曾经的领导和朋友没有相忘于江湖；

感念福分，让我们能身心健康地享受一场说走就走的旅行。

张家界情思

　　我喜欢张家界，不仅仅是因为她有一顶中国第一个国家级森林公园的桂冠，不仅仅是美轮美奂的层峦叠翠，不仅仅是黄龙洞里惊艳夺目的定海神针，不仅仅是闻名遐迩的世界第一梯，还因为她是湖南的景区，是母亲故乡的一方大美天地。

一

　　我先后两次与张家界结缘。

　　2002 年，很少出门的我，经过单位安排去北京参加全国农行工会干部培训，然后分组去几个省实地交流。因为从大西北来，我被照顾性分到"上有天堂下有苏杭"之美誉的浙江杭州组，而我执意要求调整去湖南长沙组，领导一脸疑惑："你去过杭州了吗？"我说："没有，之所以想去长沙，是因为那是母亲的故乡。母亲是 1951 年参军进疆支援大西北建设的'八千湘女'之一，我想看看她的老家是个什么模样。"

　　当然，我如愿了。飞机降落长沙机场的瞬间，我眼里莫名其妙的含着泪水。在长沙农行结束工作后，工会办一位大姐听说我是湘女的后代，专程陪同我先去了毛泽东主席的故居韶山冲，然后说无论如何要带我去一趟张家界看看。

当时的我，头一回听说张家界。我们坐了几个小时的火车到达，下午直奔黄龙洞。

生平第一次钻山洞。幽深、静谧、神秘，千奇百怪的石柱、石乳、石笋等构成了山洞里奇幻多姿的世界，惊叹、新奇、震撼一次次袭来。那擎天一柱的石笋，长在潮湿阴暗的山洞，仿佛昭示着虽然深埋地底，虽无阳光雨露，经过年复一年的坚守，一样拥有坚韧向上的气度。

第二天一大早，我们首先在刻着张家界国家森林公园的大山石前留个影，然后坐索道缆车上山。天气晴朗，秋阳火辣辣的灼人，因为见了太多的地广人稀，看着排队等着坐缆车的密密匝匝的人群，感觉全国各地的人都来这里会聚了，大姐说这是常态。我们在围栏内排了一个多小时的队，一步步往前挪，大姐怕我热，一直给我打着伞，不时地递给我随身带的水瓶，一路的关爱像是母亲对归来的游子般温暖贴心。因为是第一次坐索道缆车，我有点胆怯，紧紧挽着大姐的胳膊，一会闭上眼睛，一会睁开眼瞄一眼险峻的山峰，扫一眼山峰上茂盛的苍翠，紧张的情绪，让我完全忘记了赏景观色。

在秀美的山色里转悠了一个多小时，风景美得目不暇接，来不及慢慢品味，留下十多张照片，我们按计划步行下山。脚下高高低低，一会是台阶，一会是石板路，深一脚、浅一脚的，遇到不好走的地方，大姐总是随手拉着我。我们边走边聊，两边苍翠的树木像天然的凉棚，叫不上名字的鸟儿唧唧啾啾掠过头顶，扑啦啦甩下一串欢愉后不知去向。沁人心脾的是绵延迤逦的山溪水，自高往底涓涓流淌，清澈透亮，随着地势的变化，忽急忽缓，倾泻出"清泉石上流"的意境，后来才知道这条溪唤作"金鞭溪"。迎着峡谷里的山风，暑热顿消，到达山脚下，大姐让我猜走了多少公里，我摇摇头，她告诉我，一天下来，我们走了近 10 公里。

回到住处，天色已黑。农行张家界支行的同事接待我们，问我："你们新疆人怎么喝酒？""大碗喝酒，大块吃肉，啤酒用碗盛，为了检验是否盛满，要用筷子在碗平面扫一下。"我半开玩笑说。结果，大家伙全部把玻璃杯换成了碗，每倒一次酒，就用筷子在碗上一扫，一次比一次娴熟，一次比一次潇洒，只喝得个个满面红光，他们夸我不愧是湘女的后代，有辣妹子的爽直。

第二天返程前，大姐执意要帮我收拾行李，不容分说地将两条"芙蓉王"香烟和一块腊肉塞进我的行李箱，说是送给母亲的，我才恍然大悟。与大姐一路聊天，大姐问起我妈妈在新疆习不习惯？能不能吃到大米？还问有没有爱好，我都一一告之，无意中透露了妈妈会抽烟、爱吃腊肉，大姐真是有心人啊。

那时候，除了固定电话和书信，没有更方便的联系方式。我回到家，只是与大姐通过两次电话问候，再打电话过去就被告知大姐退休回乡了，至此断了音讯。但是她瘦高的个子，利落的短发，慈爱的笑容都和张家界的美景一起收藏进我的相册，留在了我的记忆里。

二

再次来到张家界，是 14 年后的 2016 年 5 月。

气候宜人，正是远足的好时节。这回我可是从广东慕名而来，不仅是和先生、女儿，还有一个助手小伙伴一起，查了攻略来的，而且待了三天三晚。

我们住在农舍，吃的是农家菜，凉面、糍粑、干魔芋，还有小炒腊肉，山里的野菜，便宜又可口。周边都是七七八八刚修好或正在修建的农家别院，一副大力开发旅游业的欣欣向荣气象。

再次坐索道缆车上山，没有怎么等候，坐的是4人的缆车，有了第一次的经验，这回我敢睁大眼睛看风光了，还给先生拍了个特写。同行的女儿和小伙伴看着背后几乎直上直下的山峰，和我第一次一样吓得紧闭双眸。

上山以后，我们随着南来北往的人流开始边走边赏景、拍照，远处笔直的山峰，错落有致，有的山是一柱一柱的，像一根一根粗细不等的柱子，既相互独立，又携手并肩，头顶的绿植比较茂盛，身上的绿色长在山体凹槽的缝隙里；有的山是一簇一簇的，像放大版的仙人掌。近处茂盛的树木把绿色挥洒的饱满又张扬，只见山依恋着树，云缠绕着山，风追逐着云，好一派旖旎风光。突然有人高喊"看，蜘蛛人"，极目望去，有一个穿着红色衣服的人在跳上跳下，像一团红色的火苗在悬崖峭壁跳跃翻飞，看得我心惊肉跳，为表演者捏把汗。

行至一个拐角处，是一个拍照点，路边挂着花花绿绿的民族服饰，我和女儿穿上艳丽的苗族服饰拍照留影，女儿学过舞蹈，变换各种造型，或凭栏远眺，或拉起裙摆，迎风展翅，或双手支起喇叭对着大山呼唤，引得围观游客赞不绝口，有个大妈说，这个漂亮女孩为什么这么会做造型。我先生开玩笑说，她是北京电影学院的学生。大家纷纷说"难怪呢"。我暗自发笑，不去识破他，后来我嗔怪："你也真敢吹。"他说，在这么美好的地方，留下一点幽默做美好的纪念吧。

很长一段时间，我的微信头像用的是那张穿着苗族服装、凝望远山的相片。我有一个闺蜜，她常年奔走在香港深圳之间，见过无数美景，看过时尚美女，她给我留言："大姐，我太喜欢您的微信头像了，背景的山峦像水墨画，少数民族服装很适合您，最重要一点，您的神情怡然，有一种圣洁之美。"评价高得我都不好意思应承，心里却是甜滋滋的。

走玻璃栈道是最后一天。我们三个女性买了鲜花做的花环戴在头上，先在山顶上美美地拍了一组照片，然后来到期待已久的玻璃栈道。虽然早有思想准备，但是双脚一踏上玻璃，两腿早已不听使唤，抖抖索索的不敢站立，蹲着往下看：直对万丈深渊，女儿干脆坐在玻璃上，不敢动。直到看到一波又一波的游人，有人喊着叫着颤巍巍走过，有的旁若无人大踏步走过。确认绝对安全，女儿才慢慢站起身，走几步玻璃道，赶紧靠右贴着山体站几秒，再咬牙走几步，再靠山体停几秒，就这样越走越勇敢，走到了玻璃栈道的尽头，迎来胜利的喜悦。这时候一个年轻小伙子为了给自己壮胆，居然一边在栈道上跺脚，一边大声喊着"嗨嗨"。我立马制止："小伙子，大家本来就紧张，你不要再火上浇油了。"当然，我们也看到走不了几步吓得折回去的游客。

我们在张家界看了两场演出。第一场《魅力湘西》，每一个节目充满当地特色，有欢快的、有悲壮的，最难忘的是吊脚楼上娶亲的场景，民族风情浓郁，舞蹈动作难度很大。第二场在天门山，观看大型外景歌舞《天门狐仙》。随着夜幕降临，一场唯美的演出在天幕拉开。歌声响起，宛如天籁之音，在山谷环绕，故事从狐王选妃开启。据说这是目前世界第一台有完整故事情节的山水实景音乐歌舞剧。场面宏大，场景虚实结合，人文景观和自然景观交融。特别是熟悉的《刘海砍樵》那段对唱，妈妈曾教我唱过，加上有一年春晚，姜昆和刘晓庆合作过这首歌，一直以为是欢快的男女对唱，看了《天门狐仙》，才知道这个故事是一段人狐相恋的凄美传说。我猜想胡大姐的"胡"字应该就是"狐"的谐音而来吧。最难忘的一幕是：白狐仙与刘海被决绝地分开后，隔山相望，经过万年守望，终于感动天地，在山岩化作的天桥上紧紧拥抱。我和女儿已经完全被带进故事，泪流满面了。

第一次见识这样的大型歌舞剧，用瞠目结舌形容一点不为过。先生也赞不绝口："湖南不愧是文化大省，这样的场景设计、灯光音响、演员阵容，真是大手笔、大气魄。"女儿更是着了魔似的，一段时间里不停地给自己的同学同事推荐，一定要去趟张家界，并千叮咛万嘱咐，一定要看《天门狐仙》。

三

人生总会对第一次的经历念念不忘。张家界于我而言，有太多的第一次。第一次进山洞、第一次坐索道缆车、第一次走玻璃栈道、第一次看实景演出，第一次……虽然后续去过不少景点，但是没有哪一个地方像张家界给我这么多的第一次。

作为身体内流淌着二分之一湖南血脉的我，是带着满满的情感走近张家界的。虽然去过两次，我依然说不出大小多少个景点，叫不出来各种各样的植被名称，就是走到哪里，看到哪里，大好河山的壮美，家园的如诗如画，都能让我对这里的每一寸肌肤充满着爱恋。

张家界之美，美在无言。与其用鬼斧神工形容，用天然雕琢比喻，都不如用心去描述。在这里，我见识了一山一世界，一树一景观，每一块石头里面都藏着故事，每一片云海都很解风情。有时候文字难以抵达的地方，眼睛能抵达，有时候眼睛难以抵达的地方，心灵能抵达。

张家界之美，美在灵动。每次翻看一帧帧照片，就像一幅幅油画，一张张写意，让我随时随地在一呼一吸之间就踩在了它的任何一个石阶，站在任何一棵树下，登上任何一座山头。

张家界之美，美在底蕴。我也陆续去过山东泰山、贵州梵净山、云南玉龙雪山、四川峨眉山、安徽黄山，山山景不同，不乏兴奋，不乏激动，也不乏新奇。但是令我最难忘的还是张家界的天门山，因为那里有一场人狐在天门仙境中演绎的生死恋歌，是文化的缩影，是底蕴的呈现，这底蕴，让天门山愈发丰腴诱人。

张家界，是大自然馈赠给湖南湘西大地的一方处女地，充满天然的魅力，有着神秘的蕴藏，现在随着名气越来越大，她的美成为造福一方的福泽之地，在川流不息的人海中，默默地守护着孕育它的土地，绵延自己的生命，无怨无悔地从远古走向未来。

人生本就是一场远行，难能可贵的是远行中有美景，有故事，还有真情。这样的美，在我的眼里，超越了自然，跨越了时空，充满了人间烟火气，这样的美，每看一次有一次的不同。如果说在所有去过的景点中选一处我还想去的地方，毋庸置疑，那一定是张家界。

秋长游记

　　我二十几岁时看过一部宋佳演的电视剧，说的是一个寡妇大嫂含辛茹苦带大婆家几个弟妹的故事，里面的插曲很好听，我只记住一句"弯弯的月亮照围屋"，那是我对围屋的第一映像。

　　到惠州后我一直有一个愿望：到秋长看百年围屋。

　　春节前，1月21号去永湖慰问一名生病员工，临时动议决定顺道去秋长看一看百年围屋——拱绣楼。大约半个小时，来到秋长关山村湖秋忽村民小组，看到一潭半圆形水池静谧的守候着一片灰色调两层的建筑，房屋虽很老旧，但是依然显现出150多年前叶氏主人的富有。围屋不是想象中的圆形，而是"回"形（后来了解圆形围屋在福建），正门房间是村里的党建活动室和小学教学点，许是放假的缘故，里面很安静，除了我们四人，只有两个人，一人还是来贴对联的。侧旁的屋子几乎个个门户紧闭，上着锈迹斑斑的锁，唯一有点生气的是每扇门都贴着红色对联。

　　据了解，拱秀楼是叶氏迪春公六世后裔兆祥公携5个儿子于1861

年建造，占地面积4200多平方米，有153间房子，是一座由泮池、禾坪、前围、堂屋、横屋、角楼、望楼等组成"三门九厅十八井"的客家围屋，属于惠州市文物保护单位，最高峰时曾经居住有300多名村民。近年来，村里数次对老旧围屋进行或大或小的修缮，最大的一次修缮是2018年，经村民多次商议，决定大修祠堂，在叶氏族人及亲朋好友的支持下，一共筹集到70多万元，于4月14日动工修缮，历经半年，让拱秀楼祠堂重新出现在众人面前。

因为没有人解说，这座老屋有什么样的故事只能留作以后再来探寻了。带着一丝失落感，我们就近找到一家山湖农庄去吃客家菜，只见餐馆大厅两侧墙上显眼地挂着两幅书法作品，其中一幅，我们几个左看右猜还是读不完整，经过老板的提醒才看明白：

一雨秋霞一雨天，一楼暮色一楼闲；半坡炊烟半坡梦，半山秋水半山眠。

还有一幅我脱口而出：

厚积薄发春来早；风吹雨打香更浓。

老板说："你是第一个能不用提醒读正确的客人。"

农家菜味道不错，为了尽兴，我和一名可爱的小伙伴一人喝了一杯客家自酿的酒，味道很清甜，不一会，两人都有点微醉，被失眠折磨了几天的我困意袭来，很想睡一觉。可是老板说往前走5分钟路，你们可以去看看花海影视基地，我立马来了精气神，这可真是一个意外的收获。

我们几个来到正在大规模建设中的花海基地。被红色杜鹃花装扮的有道路两旁圆形立柱和一串拱形门，顿觉喜气盈门，还有大象、恐龙、骆驼造型憨态可掬，最拉风的是5座仕女群像，红裙飘逸，手持团扇，千娇百媚地俯瞰为数不多的游人。

一排迷彩绿的帐篷整齐地在左边站立，军人出身的小伙伴说，这应该是一个红色文化旅游元素，大家都认同这个观点。右手边一片油菜花，暖阳下开得烂漫，黄澄澄的惹人喜爱。花间留个影，笑问清风，是我映入了你的眼帘，还是你走进了我的心房？

意犹未尽的我们，相约花海基地建设完工后再来秋长一游。

含山寻古

王安石一篇《游褒禅山记》，家喻户晓。

2021年10月27日，当我第二次踏上安徽合肥这方古老神奇而又充满生机的土地时，冲着这个高一教材的中国首篇游记产生地，我迫不及待想要去褒禅山所在地——安徽马鞍山市含山县走一遭。

含山县距离合肥市大约2小时车程，面积1047平方公里，34万人口。导游介绍：含山地形像台湾，面积和香港一样，人口和澳门相似。身处粤港澳大湾区的我们开玩笑说：不简单呀，一个含山县囊括了"港澳台"。

含山位于长江中下游北岸，有山有水，临江近湖，生态绿意盎然，景色秀美宜人，一个县就有着褒禅山和太湖山两个AAAA级景区和青花古瓷坊、运漕老街、伍子胥古道等七个AAA级旅游景区。我们时间有限，只能挑选褒禅山和伍子胥古道去看一看。

进入褒禅山景区，首先看见一个小广场，是唐宋八大家的铜像，唐宋八大家，苏家占三席，苏轼又和我们目前定居的惠州有交集，莫名升腾起一股子自豪感。再沿着一条香樟树绿道直行几十米，就是一尊很大的王安石雕像，左手执卷，右手叉腰，昂首挺胸，双目远眺，很是伟岸。

雕像背后左手边是一块刻着《游褒禅山记》原文的大石碑，导游声情并茂地朗诵完全文，就带我们向右拐，去华阳洞探寻。洞口左面立着一块舒同"天下第一名洞"的黑底红字石碑，右手边是王安石自己的书法"华阳洞"，是拓片做成。进洞走了几分钟，看见一条幽深潮湿的水路，游客8人一组乘上晃晃悠悠的小船，水路狭窄，有1600米，两边的怪石也随时会碰到人，幸有导游时不时温馨的提示，我们得以顺利通过。继续穿行在石洞中，我们一边回味着"入之愈深，其进愈难，而其见愈奇"的经典句子，一边听导游解读着一个又一个造型各异、形态栩栩如生的奇石：莲花飞瀑、美人鱼、绵阳思母、板桥竹画、鸾凤和鸣、藕断丝连、贵妃醉酒等十多处，最有意思的是两组不同石柱，一组紧紧相连，取名"百年好合"，紧邻的一组上下约有30厘米的距离，叫作"千年等一回"，形成鲜明对照。当然，这些比喻都是今人赋予的内容。不知不觉，走出山洞，看见一组铜质雕像群，5座雕像体态各异，唯一相同的就是每人手里举着一个火把。当我们用脚步丈量完整个山洞，不觉得累，也不觉得远，从入洞到出洞总共历时一个多小时，对王安石一行未能走完所有路程感到遗憾。遗憾之余也有感叹，如果他当年走完了所有山洞，也许就没有千古名篇的诞生了，一切都是最好的安排吧。

走出华阳洞，我们踏上伍子胥古道。我们先是坐了一段观光车路程，来到古褒禅寺的旧址——大庙村，它的村名包含着人们对古褒禅寺的崇敬。当年的大庙，在那个特殊的年代被损毁，我们所见只是三间低矮的平房，和普普通通农家小屋并无二致，以前信徒香客人来人往的鼎盛模样早已不见踪影，反而是寺门前有一片竹林，依然茂盛，特别的是这竹子是"双节竹"。相传，明太祖朱元璋曾隐居褒禅寺内，将人马、兵器隐藏于溶洞和竹林内，并系上一条红色丝带做标记，后来人们发现丝带竟然变成了一个个竹节，从此，褒禅山的竹子都变成了"双节竹"。在古褒禅寺遗址前还有一棵千年银杏树，据说原来是一雄一雌两棵，是唐代高僧慧褒亲手栽种，雄树在20世纪70年代枯死，只留下一棵孤零零的雌树，高约25米，树围约4.2米，因为是初冬季节，整个树冠只有四五枝上有零星几簇黄色叶片，向我们昭示着她还有顽强的生命体征，其余就是冬日里的萧瑟景象了。

坐车十几分钟后，我们看到古道左手边一个湖，远山近湖，山峦苍翠，水静流缓，取名"千金湖"。导游给我们讲述一段凄美的传说：春秋时期，伍子胥逃亡途中，路过这里，饥困交加，饿得头昏眼花，幸遇一个浣纱女子馈饭相济，得以活命，伍子胥对她再三道谢。临走之前，他叮嘱女子："我是一个亡命之夫，如果有人问起我的行踪，还请替我保密。"女子答应了他。伍子胥走了几步，回头一看，女子抱着大石头，投水而死。原来她为了让伍子胥彻底放心，安心逃命，就以这样的方式信守承诺。伍子胥见状，悲痛不已，他咬破手指头，写了二十个血字："尔浣纱，我行乞；我腹饱，尔身溺。十年之后，千金报德。"伍子胥逃到吴国，助吴王阖闾兴国。最终，他率兵攻入楚国国都，吴军大胜之际，伍子胥感念女子的恩德，来到湖边，他想以千金报答女子，但苦于不知道她家在何处，于是把千金投进水中，以兑现他"千金报德"的诺言。这个故事就是千金小姐的由来。女子和伍子胥，素昧平生，一个用生命信守承诺，一个投千金报德还愿，至今听来都是让人感慨不已，钦佩之情油然而生。

继续行驶一段路程，到达昭关。相传，伍子胥为逃避楚平王的追杀，弃楚投吴，楚平王叫人画了他的像，挂在楚国各地的城门口，嘱咐各地官吏严加盘查。伍子胥白天躲藏，晚上赶路，来到昭关看见自己的画像，知道难以出关，急得一夜间愁白了头。幸亏他遇到了一个好心人——东皋公，同情其遭遇，把他接到自己家里。东皋公有个朋友皇甫纳，模样和伍子胥相似，就让他冒充伍子胥过关，守关的人逮住了假伍子胥，而真伍子胥因为头发全白，守关的人没有认出来，让伍子胥蒙混过关。15年后，伍子胥率领吴国军队攻下昭关杀回楚国，走的还是这条古道，真正是"一人过关、几国兴亡"。

站在昭关前，关口拱门正面刻"昭关"二字，背面刻"雄踞吴楚"，关上新建的伍相祠内有一尊伍子胥雕像，墙壁两侧绘有伍子胥过昭关的连环画故事，雕塑两侧有一对楹联：上联——"诚然千古须眉败楚破越强吴照史辉煌今不减"，下联——"最是一生肝胆拜相殉国为神过人英烈昔无多"，对伍子胥传奇的一生进行了高度概括，据说是书法家张翰题写。

伍子胥古道，只有7.5公里，但它因为串联起伍子胥、慧褒禅师、王安石三位历史名人，成为一条历史古道、人文古道和时空古道，我们穿行其中，在品味中国历史文化的厚重的同时，更要学习和传承历史名人留给后人的宝贵精神财富。

富力湾拾景

　　估计没有哪里的湾比广东惠州更多了，走到哪里，一抓一大把"湾"。

　　我家住在惠城区中海水岸城小区，共有 7 期，期期都带湾：浅水湾、月亮湾、玫瑰湾、珊瑚湾、翡翠湾、铂悦湾。小区周边不出几公里方圆内还有朗琴湾、帝景湾、水悦龙湾、御景湾等等，这些都是小区名称，大多和城内日夜流淌的东江、西枝江和鹿江有关。依水而居，只要和水沾边，用湾最能表达意境，也是情理之中的。

　　海边的名称就更不用说了，巽寮湾、小径湾、双月湾等，这些都是靠海而得名。正如人和人不同，湾和湾也有区别的。在这些海景里，多数大同小异，海浪、沙滩、岛礁，大家总体感觉说双月湾最有意思，而我要说的是一个叫富力湾的地方。

　　"十一"长假，本想远足去新疆，但因为疫情管控不能如期而行，为了不负这大好的秋光，决定到美丽的滨海小镇富力湾转转。

　　富力湾是巽寮湾的门户，又名富茂海滨城，位于惠东稔平半岛，走进滨海小镇，靠海的周边都是开发的家庭度假式海景洋房和别墅，曲径通幽，绿树浓荫，在公寓酒店的阳台上，看着静静的湖面，水没有那么的蓝，也不见浪花嬉闹，零星的几艘小船在水面上慢悠悠漂移。对面的山，近处的清晰，远处的模糊，几朵白云在山上缠绕，山旁还有一些楼宇，错落有致。等下午阳光没有那么热烈了，我和妹妹走下楼来。国道穿镇而过，一边是销售中心，迎门的海报上正在搞特价售房，里面寥寥几人，售楼中心对门就是一街，有一个很好听的名字——花间集商业街，顶头的是西班牙花园餐厅，很有浪漫的气息。一条在建的过街人行天桥横跨国道。顺着国道右拐，就是逸林希尔顿酒店，酒店楼下的树荫处，一些度假的游客三五成群地坐在地上，或野餐，或嬉笑，或运动，路边有一个刚建好还没有启用的公交车站。因为搞建设，会有三三两两的打工人从身边走过，他们个个皮肤黝黑，一人手里提拎一个大的塑料水杯。沿着希尔顿酒店往下走，就是富丽环游水世界，是一个儿童水上乐园，只听见里面欢声笑语，水声哗啦。几十米后，我们来到水云天古村大门，一个一人多高的大石头造型旁，是一个小孩骑着铁牛在指路。一条长约 100 米的小街，两边建筑青砖素瓦、镬耳飞檐，古韵悠悠，火红的灯笼摇曳在街巷中，整条街集文化中心、体育中心、娱乐中心、膳食养生为一体，小街内三三两两的游客，有情侣，有带着小孩的一家人，俊男靓女个个显得悠闲又自在。

穿出小街尽头，是水云天梧桐酒吧，紧挨着一方小沙滩，一艘老旧的船在沙滩边摆着造型，我突然想起涛声依旧的歌词：这一张旧船票，能否登上你的客船。

迎着夕阳，踏上神往已久的巴厘岛风格海上木栈道，800 米长的栈道，从跨海大桥经过都能看到。栈道两边种植了很多小树苗，不知道叫什么树，木栈道延伸到大海中间，走到栈道尽头分成两路，一路是一曲一折一个亭，亭子是出海游玩的出发点。这里是富力湾的网红拍照打卡地，宽阔的大海做背景，虽然已是 17 点 30 分，圆圆的夕阳还流连在半山腰，照得海水一片金灿灿，水面粼粼波纹，平静如处子，明亮的天空居然悬挂着半个月亮，这样日月同辉的景象，好像也在祝福共和国生日，随手一拍，都是美景，清凉海风袭来，漫步其中，倍感休闲与惬意。天空中时不时有小飞机盘旋，这是富力湾航空营地的飞翔项目，望着飞机，似乎也能感受海天一色的壮阔。

从木栈道返回，碰见一只小哈巴狗和一只小泰迪吐着舌头，晃着尾巴，和它们的主人一起在栈道上散步。再次穿过水云天古街，两边餐厅和酒吧陆续开张，走进人民公社大饭堂，里面那幅工农兵大团结的大图片迅速带你走进回忆，经营的菜品自然是地道的惠东滨海美食，因为时间尚早，还没有食客，我们在里面稍作逗留便移步返程。

走出水云天正门，极目望去，远处山下，几棵大王椰树在夕阳下秀着修长的身材。妹妹抓拍到一组温馨的晚归图：一艘小渔船满载而归，还有几艘小渔船停靠在一湾，在慢慢落下的夕阳下宁静的栖息。更加惊喜的是，我们发现在希尔顿酒店前方有一个不锈钢造型，是一对孔雀，一只展翅开屏，另一只紧紧依偎，在最后的一点余晖下，披着淡淡的红韵。不一会，夕阳落入海里，看天色已晚，我们选择到东北饺子馆用餐，辣子鸡、小炒牛肉、生菜，配上小米粥和葱花饼，吃得心满意足，尽兴而归。

近在咫尺的光景

　　"这样美丽大气的制造型工业园区，让我很震撼，也给了我们作家一次受教育的机会。"这是广东省作协副主席苏毅带队在惠州开展"红色文学轻骑兵志愿服务活动"期间，走进胜宏科技后发出的感叹。

　　天天置身在工作的单位，时不时要在园子里转悠、穿梭，注意力放在和本职工作相关的节点上：看一下道路上有没有垃圾、杂物，花儿开的好不好？草皮长得旺不旺？喷泉池子里的水清不清？可是，苏主席的一番话，让我觉得有必要重新认识自以为熟悉得不能再熟悉的这方家园了。

　　从正南门进入工厂，眼前就是一条宽阔笔直的主干道，主干道两侧是白芝麻大理石铺就的人行道。主干道将整个园区一分为二，右手边办公楼、辅助楼、车间、宿舍依次排开，左手边碧绿的草坪、车间、储能小电站、钻孔中心、智能仓库整齐列队，清一色银灰色主基调让整个园区显得稳重而厚实。

　　办公楼正前方，一个小喷泉池居中，前方是对称的绿油油的草坪，喷泉两侧各有 8 棵小叶榕，似一个个胖乎乎的绿灯笼，坐在修葺精致的四方花盆内，大厅门前对称的种着龙船花和簕杜鹃，楼两边对称的大王椰像哨兵一样为大楼站岗，还有鸡蛋花和一种尖叶子叫假菠萝的树点缀其中，让整栋楼严肃中跳出几分活泼。

主干道两边，高耸的大王椰和小叶榕交错站立，小叶榕依然被修剪的圆乎乎的，龙船花和红积木欢喜地围坐在大王椰的底部；偶尔夹杂少量的毛杜鹃，行至左面草坪尽头处，闻到一缕淡淡的香气，原来是一米多长的一截九里香，开着五瓣白白的小花儿，香味就是这个小精灵给人的惊喜。

车间从身边闪过，开始向上爬坡，这个坡像一个分水岭，把生产区和生活区自然隔开。道路两边爬山虎、龙川花和玫瑰花次第舒展红颜，尤其是玫瑰花耀眼如明星，所以这截道路也称为玫瑰大道。玫瑰大道的一侧是三个标准篮球场，铺展在宿舍楼和饭堂的前方，晨光中和夕阳下，会有一群群生龙活虎的身影跳跃奔跑；紧挨着篮球场的是一块菜地，菜地里种有小白菜、生菜、西红柿、茄子、青瓜、蒜苗等十多种时令蔬菜，供接待中心餐厅使用。菜地路边种植了一排小叶紫薇，开出的花像紫色和大红色的小葡萄一样，一串一串的，到秋天树叶会发红，冬季完全脱落，来年春季再抽新芽。

和篮球场隔路相望的是一大片员工休闲区，绿树、小径、凉亭、石桌、石凳散落其中，是员工休闲散步的宁静处。继续前行，穿过红砖铺设的人行道，一个标准足球场就会让你眼前一亮，足球场右边是一座山坡，做了很漂亮的田字格护坡，上面种满了簕杜鹃，簕杜鹃怒放时节，山坡上的姹紫嫣红、足球场的碧草绿地、天空中的蓝天白云构成一幅色泽明艳的三维画卷。

继续沿主干道到上坡，就到达一个小广场，广场是白芝麻和黑芝麻大理石相间的地面，干净、大气；广场中间有一个音乐喷泉，水池横向47米、纵向39米，呈一个椭圆形，它静默的时候，因为池子的深浅不一样，水的颜色从蓝色、淡绿到深绿，工作起来就是非常壮观了：喷泉水忽高忽低，一会像天女散花，一会像项庄舞剑；一会有风吹杨柳般温柔，一会有一飞冲天的刚劲。喷泉后就是园区具有标志性的建筑——研发大楼。大楼背靠大山，12棵小叶榄仁亭亭玉立在身边，小叶榄仁是一种很漂亮的景观树，你可以理解为12生肖共同护佑这方家园，也可以理解成希望企业一年又一年生生不息的美意。紧挨着研发大楼的还有二栋大楼，一个是接待中心，集餐饮、住宿、休闲娱乐于一体，都是按五星级酒店的标准修建。三栋楼都是灰蓝色玻璃幕墙，身临其境，现代气息扑面而来。

这样的园区，源自公司致力于打造绿色、生态、旅游型工业园区的战略规划，源自绿化和清洁工蜜蜂一样勤劳的养护，源自园区里的员工对花草树木的爱惜，这座园区不仅在冲刺百亿目标，也在不间断投入相当的财力、人力和物力，持续优化生态环境。据统计：占地23.6万平方米的园区，绿化面积达5.3万平方米，东西两面山体护坡达2.2万平方米，园区绿化植物种类近40种。

很多时候，我们会跋涉千山万水饱览祖国大好河山，有的还会远渡重洋去世界各地观光旅游，那是无限幸福的享受，但往往忽略了我们眼里每天都看到的风景，她宛如一位小姑娘不知不觉中长成了美少女，正带着一份深情向我们表白：我是你近在咫尺的光景。

漫步翠堤雅径

　　我家门前有条江，江的名字叫西枝江；西枝江的沿岸有个公园，公园有一个好听的名字叫翠堤雅径。

　　选择在水岸城买房，就是被西枝江吸引，当时江边有一个新建的江堤，但是江堤和江的连接处，还是一片乱草滩，江水不够清澈，随着气温回升和雨季的到来，西枝江的水不仅浑浊，而且水浮莲等水生植物繁殖很快，从窗口俯瞰，像连片移动在水面上的绿色竹筏，让人产生一种水流随时会被堵塞的担忧。

　　欣喜的是，这样的担忧随着沿岸的治理改造烟消云散了。几年前，政府利用草滩地现状，结合新城发展规划，营造出一方安静清幽的生态景观环境，翠堤雅径公园应景而生。江边的住户，见证着公园从无到有，从点点新绿到几年后的花影绰绰，绿荫叠翠。随着公园逐渐蓬勃的，是江水越来越清了，水浮莲不再光顾水面了。

　　公园给居住在附近的人们提供了一个休闲锻炼的好去处。沿着斜坡的楼梯就能走上公园，为了方便老人、小孩和残疾人出行，进出口处都有无障碍通道，便民服务真不是说说而已的。在休闲活动区，周边的绿植加上狭长的道路，显得格外安静和清幽；在运动健身区，分别有篮球场、羽毛球场，早晨和夜晚，打球的人很多，球场边的洗手间设计得也很别致，掩映在树荫里；挨着球场的就是儿童乐园了，沙池、滑梯、秋千，让童趣飞扬；公园还有处别样的设计，三个朝上打开的大伞架矗立在地上，搞不清楚具体用途，但是它的造型总会撞进游人随手拍照的镜头里。公园的正中间，是一片以孝道文化为主题的人文景观，"中华孝道文化"的红色大字在绿树的衬托下亮眼而温暖，两个亭子的立柱上是新二十四孝故事：仔细聆听父母的往事、打开父母的心结、对父母的爱要说出口等，沿着亭子的台阶而下，是两个约1.5米高的圆弧文化墙，由"传统二十四孝"的内容组成：涤亲溺器、弃官寻母、尝粪忧心等，都有详细的故事；一条小径的两边，是几个红色广告牌，内容是社会主义核心价值观；周边四个宽大的长木椅，在上面或坐或躺，舒适度足可以抵一个单人床，真是健身和养心有机结合，休闲和修为有效融合，这处文化景观该是翠堤雅径的一大特色。

漫步翠堤雅径，是我每天的必修课，渐渐形成了固定的规律：每日晚饭后，从家门口出来，走上江堤靠右行，到金山大桥接口处下坡左拐，沿着蜿蜒细长的小径前行至西枝江大桥接口处，上坡左拐，再步入一段江堤，整个路程来回3公里，一半在开阔的堤上行走，一半在幽静的小径里漫步，所有的劳累以及不快都被脚步甩在身后，这是一天中最安逸的时刻。

漫步翠堤雅径，白天晚上可以随时看到练太极拳的、跳舞唱歌的、健身跑步的、嘻嘻闹闹孩子玩耍的，还有树林和草丛里，不知名的小动物也在欢唱。

漫步翠堤雅，时不时能见到喜好垂钓的人在江边钓鱼，周末时，可以看见一排排鱼竿整齐地探向水中。记得有一次夜晚，夜色朦胧，我和朋友散步，她远远看见一个闪闪发光的小亮点，我们走近一瞧，是一个人在夜钓，估计是为了表明此处有人，在脖子后面挂了个小灯泡，这样充满趣味的生活，引得我们俩会心一笑。

先生有一个老同学杜总，是一个身价不菲的大老板，在四川、上海、广州多地有房有车，2019 年他来南方旅游，顺道来惠州看望我们，当晚入住富力万丽酒店。大清早，他在 40 多层高楼鸟瞰惠州西湖美景，由衷地形容："我去过国内外许多著名的景点，今天看到的简直是一幅绝美的油画。"第二天在我们家小坐后，我们一同在江堤边散步边聊天，杜太太突然对一片满天星产生了浓厚兴趣，在月光下，那繁星点点，连片成堆，占据公园一角，没有周边树木的盛气凌人，没有前方美人蕉的飒爽英姿，以她柔柔的、淡淡的、幽幽的情调吸引着我们的眼球，和旁边静静流淌的江水浑然一体，释放出安宁的气息，让你的呼吸都变得轻缓，杜太太换着不同角度，一会站着远距离拍，一会蹲着贴着花儿照，兴奋地说："来惠州是这次南方之行最意想不到的收获。"没过几天，杜总便在惠州购置了两套房。

惠州大小公园很多，我去过的屈指可数，也计划着一个个走遍。眼下，有这个家门口的翠堤雅径日日相伴，享受一份实实在在的获得感，就是一份到手的幸福。

后　记

　　缘分有时候很奇妙，它会在一个不经意的地方和你邂逅，带给你一份意外的惊喜。

　　从19岁发表第一首小诗到59岁，时间跨度40年，从2020年提笔写散文到今天散文集出版用了3年。可以说我用3年圆了40年的文学梦，也可以说是40多年的人生阅历，让我在3年中得到了集中抒发，甚至唤醒了心灵深处最久远的记忆。

　　不知是老天厚爱还是机缘巧合，我要出散文集的计划刚刚规划好，国庆前夕，广东省作家协会由苏毅副主席带队，组织"新时代山乡巨变文学与你同行"红色文学轻骑兵活动走进惠州。市作协陈雪主席和邓仕勇秘书长选择"胜宏科技"作为调研点，让文学界的领导和作家、教授看看惠州的高科技企业。就这样，我很荣幸地在公司接待了苏毅副主席一行。按接待惯例，我首先熟悉来宾名单，里面有两位知名作家：章以武和伍方斐。虽然我来广东定居多年，但是开始写散文还不到三年，对广东文学界了解不多，所以并不熟知他们的大名和创作成果。一行人下车，苏主席首先介绍了章以武教授是著名作家、二十世纪八十年代风靡全国的电影《雅马哈鱼档》的编剧、广东文艺终身成就奖获得者。高个子，长方脸，清瘦矍铄，腰板硬朗，神清气爽，当苏主席说章教授有80多岁了，我忍不住感叹："真是集好才华、好身体和好心态于一身呀！"参观工厂，看产品，最后座谈。章教授谈了几点感受，睿智、自然、风趣，笑起来有一种天真，我就觉得这么知名的大作家平和的像父亲。聊起家常，说到我是"八千湘女"的后代，说到我准备出散文集，没想到章教授居然说："小张，你讲的故事我爱听，我也在大西北工作过，我要给你的散文集写序。"我一下子蒙了，大作家给我写序？这时候苏主席笑吟吟说："如萍，你今天收获最大，一般人可请不到的"，我才如梦初醒，激动的心情可想而知。

第二天，在"华贸粤书吧"，又聆听了章教授和伍教授《书写岭南，为时代放歌》《生态诗歌的多样化及其新趋势》的讲座。越听越感觉自己真是太幸运了，首部散文集就有缘遇到这么重量级的前辈写序，让一位"为岭南而书，为时代放歌"的知名作家，在耄耋之年为我的拙作劳神费心，内心忐忑不安又充满感动。我在《旧梦重拾》中写到自己在创作过程中遇到的种种机缘，得到的种种勉励，这次我再次体验了追梦路上一位一面之缘的前辈给予的光亮，这光亮来自高高的灯塔，照亮着我未来的路；这光亮，就在手边，让我的笔尖吮吸着挑起心中梦想的能量。

感谢作协的领导和文友给我无私的引领和帮助；感谢朋友和同事，给我莫大的鼓励和提供鲜活的素材；感谢我的家人，给我默默的支持和付出，不断催生我的创作灵感。虽然我已经不再年轻，但我依然会用年轻的脚步行进在追梦的路上，因为章教授说了："人再老也不能停止生长！"

张如萍

2022 年 10 月 18 日于惠州